Astrid Fritz

WIE DER WEIHNACHTSBAUM IN DIE WELT KAM

Illustriert von
Andrea Offermann

Kindler

1. Auflage November 2013

Einbandgestaltung any.way, Barbara Hanke/
Cordula Schmidt
Einbandillustration Andrea Offermann
Satz Stempel Garamond, InDesign,
bei CPI – Clausen & Bosse, Leck
Druck und Bindung CPI – Ebner & Spiegel, Ulm
Printed in Germany
ISBN 978 3 463 40645 9

Meiner Mutter
und meinem Vater
gewidmet

Jakob sprang erschrocken in Richtung Brückengeländer, wobei er ums Haar vor die Hufe eines Gespanns Pferde geraten wäre, die wild davonpreschten. Er hatte das laute Krachen noch im Ohr, als die Planken unter seinen Füßen plötzlich zu beben begannen. Die Menschen um ihn herum brachen in Schreckensschreie aus, stürmten angsterfüllt los und brachten den Boden damit erst recht zum Schwanken. Gleich würde es zu einem rücksichtslosen Gedränge kommen.

Seine Arme und Beine begannen zu zittern, und das nicht nur von der kalten Winterluft. Krampfhaft klammerte er sich an das armdicke Geländer und beobachtete, wie die Fußgänger, Reiter und Fuhrleute an ihm vorbei in Richtung rettendes Ufer hetzten. Das allerdings lag noch in weiter Ferne.

Ein zweites Mal rammte etwas gegen die hölzernen Brückenpfeiler, diesmal noch stärker. Es war, als ob die ganze Welt aus den Fugen geriet. Eine innere Stimme, die Jakob schon so manches Mal vor Unheil bewahrt hatte, hieß ihn, an Ort und Stelle zu verharren. Und schon sah er unter den Fliehenden die Ersten stürzen, Kinder brüllten nach ihren Müttern, Mütter nach ihren Kindern, mittendrin scheute ein Ross, glitt auf dem feuchten

Holz aus und rutschte in die Menge, wo jemand gellend aufschrie vor Schmerz.

Was für eine elende Fügung des Schicksals wäre das, schoss es ihm durch den Kopf, wenn er jetzt, fast am Ziel seiner geglückten Flucht aus Freiburg, in den eisigen Fluten des Rheinstroms jämmerlich ersaufen müsste. Oder wollte ihn der Herrgott womöglich für all die Missetaten seines jungen Lebens strafen?

Plötzlich vernahm er genau unter sich ein dumpfes Ächzen und Knarren. Er wagte einen Blick über das Geländer auf die Wassermassen, die schwarz und schaumig unter der Brücke hervorschossen und in diesem Augenblick zwei ineinander verkeilte, mehr als mannsdicke Baumstämme mit sich rissen.

Jakob atmete auf. Das also war es gewesen, was die Balkenbrücke zum Wanken gebracht hatte. Der Sturm von vergangener Nacht musste diese mächtigen Bäume in Ufernähe entwurzelt haben, jener tosende Sturm, von dem auch Jakob gegen Abend auf freiem Feld überrascht worden war. Er hatte es gerade noch bis zu einer Mühle nahe des Marktfleckens Willstett geschafft, als die Böen so gewaltig wurden, dass er kaum noch aufrecht gehen konnte und der Regen ihm schmerzhaft ins Gesicht peitschte. Der mitleidige Müller hatte ihn gegen Hilfe im Stall bei seinen beiden Milchkühen übernachten lassen, und so hatte es Jakob, im Gegensatz zu den beiden vorangegangenen Nächten, wenigstens einigermaßen warm gehabt und zum Morgenmahl sogar einen Becher frischer, fetter Milch erhalten.

«Macht doch langsam, ihr Leute, die Gefahr ist vorbei!», hätte er den Vorüberhetzenden am liebsten zugerufen, doch wer hätte schon auf einen wie ihn, einen Halbwüchsigen in zerlumptem Gewand, gehört? Wie ein heimatloser Bettler sah er aus in den mehrfach geflickten, weiten Bauernhosen und dem abgewetzten Kapuzenmantel, unter dem er zwei Kittel übereinander trug.

Da erst bemerkte er das heulende Kind, das zu seinen Füßen auf den Planken kauerte, und strich ihm übers Haar.

«Brauchst keine Angst mehr zu haben.»

Doch der etwa fünfjährige Knabe heulte nur noch lauter.

«Suchst du deine Mutter?»

Der Junge sah ihn aus verquollenen Augen an und nickte. Jakob nahm ihn bei der Hand.

«Na, dann komm.»

Sie befanden sich ziemlich genau in der Mitte der weithin berühmten Langen Bruck, die mit ihren mächtigen hölzernen Pfeilern zwischen dem Dörfchen Kehl und der freien Reichsstadt Straßburg den Rhein überspannte. In langem Zickzack ging es über den Strom und die dazwischenliegenden Inseln hinweg, mehr als eine Viertelwegstunde lang, und nicht überall schützte ein Geländer die Reisenden.

Während Jakob mit noch immer weichen Knien losmarschierte, betete er zum heiligen Christophorus, dass die alte Brücke dem Treibgut des Hochwassers weiterhin standhalten möge. Wenigstens hatte sich die Aufregung der Leute inzwischen gelegt. Hie und da kümmerte man sich um Verletzte, doch Schlimmeres war dem Himmel sei Dank offenbar nicht geschehen.

Wenige Schritte weiter stieß Jakob auf eine einfach gekleidete Frau, die unter ihrer schweren Rückenkraxe gebeugt suchend umherschaute. Ihr Gesicht war tränenüberströmt, und auf ihrer Stirn prangte eine frische, blutende Wunde.

Der Knabe an seiner Seite riss sich los.

«Mutter!»

«Mein Junge! Mein Hannes!»

Mit einem Schluchzen zog sie das Kind in ihre Arme. Jakob gab dem Jungen einen aufmunternden Klaps gegen die Schulter und wollte schon weitergehen, als die Frau ihn am Arm festhielt.

«Wie kann ich dir bloß danken? Ich dacht schon, ich hätt meinen Hannes auf immer verloren.»

«Ist schon recht», winkte Jakob ab.

«Nein, nein, warte – Geld hab ich keins, aber vielleicht magst ein Stücklein Brot?»

Allein bei dem Wort «Brot» begann Jakobs Magen unüberhörbar zu knurren. Seit Freiburg hatte er außer Beeren und dem letzten Fallobst des Winters kaum etwas gegessen. Die paar Münzen, die er dem Capitan nach jener unseligen Rauferei abgenommen hatte, mussten für den Wegezoll herhalten. Allein für das Betreten der Langen Bruck hatte er einen ganzen Heller abdrücken müssen, und der Eintritt nach Straßburg würde ihn gewiss noch einmal dasselbe kosten.

Die gute Frau wischte sich die Tränen aus dem Gesicht. «Dann lang nur oben in meine Kraxe rein und hol uns das Brot heraus. Bist auf dem Weg nach Straßburg?»

«Ja.»

Jakob tat, wie ihm geheißen, und zog einen halben Laib Graubrot hervor. Als die Frau ihm auffordernd zunickte, brach er sich einen Brocken ab und reichte ihr das Brot zurück. Er musste an sich halten, langsam und in kleinen Bissen zu essen.

«Danke», murmelte er mit halbvollem Mund. «Ihr solltet nach einem Bader sehen, mit Eurer Verletzung.»

«Nur eine Schramme. Bin nicht die Einzige, die zu Fall gekommen ist. Ein Wunder, dass da nicht noch mehr passiert ist. – Hier, nimm das», sie brach ihm ein weiteres Stück ab, «bis zum Neutor ist's noch eine gute halbe Stunde Wegs.»

«Vergelt's Gott», bedankte sich Jakob. Er verstaute das Brot in der Schultertasche, seinem einzigen Reisegepäck. «Soll ich Euch nicht in die Stadt begleiten? Ich könnte Euch die Trage abnehmen.»

Sie schüttelte den Kopf. «Ich muss gleich nach dem Brückentor rechts weg.»

Doch Jakob ließ es sich nicht nehmen, ihr wenigstens bis zum Ufer die Last abzunehmen. Dort verabschiedete er sich von der freundlichen Frau und ihrem Jungen. Ein kurzen Moment lang musste er gegen gänzlich kindische Tränen ankämpfen. Eine solche Warmherzigkeit hatte er schon lange nicht mehr erfahren, und so blickte er ihnen wehmütig nach. Die Frau hätte vom Alter her seine Mutter sein können, der kleine Hannes sein jüngerer Bruder.

Er lehnte sich gegen einen Baumstamm am Wegrand, zog das Brot aus der Tasche und verschlang es gierig. Erst jetzt, wo er innehielt, bemerkte er, wie kalt es inzwischen geworden war. Atemwölkchen stiegen ihm aus Mund und Nase, der vom letzten Regen durchmatschte Boden zu seinen Füßen war inzwischen beinhart geworden. Da hatte das Unwetter vom Vortag dem bislang milden Dezemberwetter wohl endgültig ein Ende gemacht.

Fröstelnd blickte er zum Himmel. Eine milchige Sonne stand auf halber Höhe in Mittag, schimmerte kraftlos hinter hellgrauen Schleiern, und vom Vogesengebirge her, gleich hinter Straßburg, zogen schwere Wolken herauf. Witternd hielt er die Nase in die Luft. Ganz eindeutig roch es nach Schnee.

Jakob vermochte sich gar nicht mehr zu erinnern, wann er das letzte Mal Schnee erlebt hatte. Richtigen Schnee, der Häuser, Gassen, Wälder und Felder mit seinem blitzsauberen weißen Gewand überzog. Die letzten Winter waren viel zu mild gewesen, die Sommer hingegen so heiß, dass vielerorts die Erde aufbrach und die Flüsse austrockneten. Und doch konnte er dankbar sein für sein bisheriges Reisewetter. Bei Schneesturm und Eis wäre er erst gar nicht so weit gekommen, hätte die Strecke von Freiburg nach Straßburg niemals in vier Tagen geschafft. Von Sonnenaufgang bis weit in die Dunkelheit hinein war er marschiert, zu Anfang sogar fast im Laufschritt, so groß war seine Furcht gewesen, dass der Capitan oder auch dessen hündischer Vasall, der Welsche Geck, ihn noch hätten schnappen können.

Mit klammen Fingern streifte er sich die Kapuze über den Kopf und setzte seinen Weg fort. Es war nicht nur die Erschöpfung, die seine Schritte langsamer werden ließ. Plötzlich hatte er es ganz und gar nicht mehr eilig, die nahe Stadt zu erreichen, die gleich einem uneinnehmbaren Bollwerk vor ihm lag. Was würde ihn in Straßburg erwarten?

Hätte er dem Capitan doch nur die ganze Geldkatze weggenommen! Dann hätte er wenigstens fürs Erste ein Auskommen und müsste nicht den alten Halsabschneider Passpartutt aufsuchen. Das schreckte ihn nämlich noch viel mehr als diese große, fremde Stadt. Immerhin, tröstete er sich, war er nun weit genug weg, um vor der Rache des Capitans sicher zu sein.

Im Hause des Schneidermeisters Gervasius Gutlin herrschte großes Leid. Christoph, der älteste Sohn und mit seinem Geschick für das Schneiderhandwerk die große Hoffnung des Meisters, war nur wenige Wochen nach seiner Gesellenprüfung an Fleckfieber erkrankt. Gestern nun, an einem stürmischen Wintertag im Jahre des Herrn 1538, hatte der Tod den erst Siebzehnjährigen mit sich genommen, und das Jammern und Wehklagen wollte kein Ende nehmen.

Jetzt zu Mittag kehrte erstmals ein wenig Ruhe ein. Die letzten Nachbarn und Anverwandten, die mit der Familie die Totenwache gehalten hatten, waren heimgekehrt, um sich für die bevorstehende Leichenfeier zu richten. Nur noch Madlena Gutlinin, die trauernde Mutter, und deren älteste Tochter Johanna verharrten in der Schlafkammer, in der der Tote seit dem Vortag aufgebahrt lag. Der Vater war mit den beiden Jüngsten längst nach unten gegangen.

Dabei hielt es auch Johanna kaum noch aus in dem stickigen

Raum. Sie war müde, und der schwere Geruch des Weihrauchs verursachte ihr Kopfschmerzen, aber sie wagte nicht, die Mutter allein zu lassen.

Auch sie trauerte selbstredend um Christoph, schließlich war er ihr Bruder. Doch obgleich sie den um drei Jahre Älteren früher sehr bewundert hatte, war sie nie recht warmgeworden mit ihm. Und seitdem sie selbst kein Kind mehr war, war die Kluft zwischen ihnen noch größer geworden. Vielleicht, weil sich Christoph mehr und mehr der Mutter anglich in seiner Selbstsucht und Dünkelhaftigkeit. Kaum, dass er den Gesellenbrief in der Hand gehalten hatte, sprach er bei jeder Gelegenheit davon, dass sie es bald besser haben würden. Dass er dafür sorgen werde, dieses schäbige Häuschen in der ebenso schäbigen Leimengasse schnellstmöglich wieder zu verlassen. Dass sie sich ein anständiges Haus leisten würden mit steinernem Erdgeschoss und einer richtigen Werkstatt darin, mit großen Fenstern, die viel Licht hereinließen. Im Stockwerk darüber dann eine Wohnstube, in der man sonntags Gäste empfangen könne und die natürlich mit einem hübschen, bunt verglasten Erker versehen sei, wie es bei den vornehmeren Bürgern jetzt Usus sei. Und in dieser guten Stube wären Decke und Wände mit Holz vertäfelt und Stofftapeten bespannt, ein breiter Wandspiegel mit Kerzenleuchtern davor würde dem Raum noch mehr Größe und Helligkeit verleihen, bequeme Scherenstühle und gepolsterte Lehnstühle würden zum Ausruhen einladen …

Auf diese Art ging es weiter, in einem fort, und die Mutter hatte ihm jedes Mal, wenn er so schwadronierte, liebevoll und mit einem kleinen Seufzer übers Haar gestrichen, während Gervasius Gutlin mutlos die Schultern einzog.

Ihr Vater tat Johanna zunehmend leid. Es war schließlich nicht seine Schuld gewesen, dass damals, als sie noch in der Schlauchgasse wohnten, der Brand in der benachbarten Schmiedewerkstatt auch ihr Haus erfasst und ihnen fast alles genommen hatte. Zu ihrem großen Glück war dies bei helllichtem Tage geschehen, zu Beginn letzten Sommers. Sie alle hatten das Feuer gerochen, das Prasseln und Knacken im Nachbarhaus gehört und waren hilferufend hinausgerannt. Doch bis der Türmer der nahen Kirche die Feuerglocke geläutet und der Löschzug auf der Gasse endlich die Wassereimer von Hand zu Hand gereicht hatte, war auch ihr Haus schon in Flammen gestanden. Das Werkzeug und die wertvollsten Stoffe hatten Christoph und ihr Vater noch herausholen können, auch ein wenig Hausrat und Geschirr, doch am Ende war vor ihren Augen das Haus zusammengestürzt – die Schreckensschreie ihrer jüngeren Geschwister und der Mutter gellten Johanna noch heute manchmal in den Ohren.

Den Schaden hatte ihnen niemand ersetzen können – der Schmied nicht, denn der war bei dem Versuch, das Feuer zu bekämpfen, ums Leben gekommen, und dessen Familie auch nicht, die durch den Brand in noch schrecklicheres Unglück gestürzt worden war als sie selbst. Sie konnten dem Herrgott immerhin danken, dass sie mit heiler Haut davongekommen waren und in der Leimengasse sogleich ein neues Obdach gefunden hatten. Doch zu Mutters großem Missfallen lebten hier sehr einfache Leute wie Strohschneider und Bürstenbinder, Kemenatfeger und

Mörtelknechte. Und ja, an Tagen mit Ostwind stank es wirklich gewaltig vom nahen Gerbergraben her, wo die Gerber ihre Häute reinigten und zum Trocknen aufspannten. Aber gab all das irgendwem das Recht, den Vater zu kränken? Nein, und ihrem hochmütigen Bruder schon gar nicht.

Sie spürte, wie der alte Zorn wieder hochkam, und schüttelte innerlich den Kopf: Angesichts von Christophs Tod durfte sie dem Bruder wahrhaftig nicht länger gram sein. Von unten hörte sie die jüngeren Geschwister miteinander streiten. Sie erhob sich von ihrem Holzschemel.

«Ich geh in die Küche und mach den Würzwein heiß für den Herrn Pfarrer», murmelte sie in Richtung ihrer Mutter, die am Bettrand kniete. «Er wird sicher bald kommen.»

Madlena Gutlinin blickte nicht einmal auf. Ihre Finger umklammerten das kleine Messingkruzifix, ihre Stirn war gegen Christophs gefaltete Hände gesenkt. Hin und wieder stieß sie einen Schluchzer aus.

Leise schloss Johanna die Tür hinter sich und atmete tief durch. Im Halbdunkel tasteten sich ihre Füße die steile Holzstiege nach unten in den Wohnraum, der zugleich als Werkstatt diente. Dort kauerte Gervasius Gutlin auf seinem Sitzkissen am Boden, den Rücken gegen den mit schweren Stoffen beladenen Schneidetisch gelehnt, und starrte vor sich hin. Johanna war gar nicht aufgefallen, wie grau sein schütteres Haar inzwischen geworden war.

In diesem Augenblick begannen die Glocken von Alt Sankt Peter zu läuten.

«Es geht bald los, Vater. Sie kommen ihn holen.» Johanna legte ihm die Hand auf die Schulter und dachte daran, dass ihr Vater jetzt wieder allein seine hungrigen Mäuler durchfüttern musste. Den samtenen Hausmantel für ihren treuen Kunden Ratsherr Vogelsang, den einzigen großen Auftrag dieser Tage, würde er bis zum Neujahrstag niemals fertig bekommen.

Selbst wenn sie der Unterstützung der Zunft gewiss sein konnten, würde es schwer genug werden in den nächsten Monaten. Zumal die schlechte Ernte in diesem und im letzten Jahr eine große Teuerung hervorgerufen hatte. Ihre Mutter würde fortan nur noch mehr an ihrem Mann und an ihrem kargen Leben herumnörgeln. Christoph nämlich war ihr einziger Augenstern gewesen, die große Hoffnung auf ein besseres Leben. Für ihre anderen Kinder hatte sie kaum einmal einen Blick oder gar ein liebevolles Wort übrig. Was für eine freudlose Zeit in diesen dunklen Winterwochen!

«Willst du nicht mit in die Küche kommen?»

Ihr Vater antwortete nicht. Müde schweifte sein Blick zu der Nische unter der Holzstiege, wo Christoph immer hinter einem Leinenvorhang genächtigt hatte. Strohsack und Decke lagen noch da, als habe er seine Bettstatt eben erst verlassen. Kurzentschlossen zog Johanna den Vorhang vor und ging hinüber in die Küche, die unmittelbar an den Wohnraum grenzte. Dort hockten Jeckli und Gysel auf der Bank, der kleine Jeckli mit einem Stück Brot in der Faust, das er sogleich hinterm Rücken verschwinden ließ, seine um drei Jahre ältere Schwester Gysel in Tränen aufgelöst.

«Gib das Brot her», befahl Johanna. «Du weißt genau, dass das für den Herrn Pfarrer und für die Zunftleute gedacht ist.»

Sie legte das Brot zurück in den Korb zu den anderen aufgeschnittenen Weißbrotstücken.

«Hab aber Hunger», maulte der Kleine. Dabei konnte Johanna ihm seinen kleinen Diebstahl nicht einmal verdenken, hatte es bei ihnen doch schon lange kein so feines Herrenbrot mehr gegeben. Überhaupt waren durch die Totenwache ihre Vorräte auf kärgliche Reste zusammengeschmolzen. Sie konnte sich jetzt schon das verkniffene Gesicht der Mutter vorstellen, wenn sie die Männer nachher zur Stärkung in die Küche bitten würde. Anderswo, wie im vornehmen Hause der Schneidermeister Zech oder Blümlein, hätte man den Gästen Weihnachtsgebäck und Käsewürfel statt trocken Brot vorgesetzt. Besonders peinlich war der Mutter, dass nun ausgerechnet diese beiden damit betraut waren, den Sarg zu tragen.

Johanna war aufgebracht und traurig zugleich über ihre Mutter, diese ewig unzufriedene Frau. Warum konnte sie sich nicht mit ihrem Leben abfinden? Ja, fürwahr, als geborene Madlena Blattnerin entstammte sie einer alteingesessenen, angesehenen Familie von Waffenschmieden und hätte es vielleicht einfacher haben können – aber hatte sie nicht auch Glück mit ihrem gutherzigen, fleißigen Mann, der niemals betrunken war oder die Hand gegen sie oder die Kinder erhob? Sie sollte sich nur einmal im Spiegel ansehen, dachte Johanna, mit ihren mürrisch nach unten hängenden Mundwinkeln und dem stumpfen, angegrauten Haar. Dabei war sie einstmals eine so schöne Frau gewesen.

«Nach der Beerdigung gibt's in der Zunftstube was zu essen», herrschte Johanna ihren kleinen Bruder an, barscher als beabsichtigt. «So lange wirst du es wohl hoffentlich noch aushalten können, oder?»

Sie setzte sich neben Gysel auf die Bank.

«Jetzt weine nicht mehr. Christoph ist oben im Himmel, bei unserm lieben Herrgott, wo es ihm gutgeht.»

Das Mädchen schüttelte den Kopf. «Das stimmt nicht. Der Endres aus dem Nachbarhaus sagt, er wär jetzt im Fegefeuer. Und dass er sich ganz arg quälen muss bis zum Jüngsten Gericht.»

«Der Endres redet Unsinn. Der hängt noch dem alten Glauben nach, und der ist falsch.»

Genau wie die Mutter, dachte Johanna im Stillen, die sich auch nicht damit abfinden mochte, dass in ihrer Heimatstadt die Heilige Messe und das alte Priestertum wie so vieles andere im kirchlichen Leben abgeschafft waren.

«Du weißt doch, was unser Herr Pfarrer sagt», fuhr sie fort. «Jesus Christus ist für unsere Sünden am Kreuz gestorben, und deshalb braucht es auch kein Fegefeuer.»

Gysel schob trotzig die Lippen vor. «Aber du warst noch nie tot, und deshalb kannst es auch gar nicht wissen!»

«Wenn es der Pfarrer sagt, musst du es schon glauben.»

Immerhin wischte sich das Mädchen jetzt die Tränen aus dem Gesicht. «Wenn er droben im Himmel ist – kann er uns dann jetzt sehen?»

«Ja, das kann er.» Johanna gab ihrer kleinen Schwester einen Kuss auf die Wange und erhob sich. «Und er wird sicher nicht wollen, dass du den ganzen Tag nur noch weinst. So, jetzt helft ihr beide mir, Holz zu holen, damit das Feuer nicht ausgeht.»

Sie schob den Kessel mit dem lauwarmen Würzwein über die Feuerstelle, legte den Kindern ihren Umhang über und öffnete die schmale Tür zum Hof.

«Es schneit! Der Christoph hat es schneien lassen!», rief Gysel beglückt und stürmte hinaus.

Auch Johanna war freudig überrascht von diesem schönen Anblick. Dicke, weiße Flocken rieselten vom Himmel herab und ließen kaum noch den Schuppen auf der andern Seite des kleinen Innenhofs erkennen. Jeckli blieb wie vom Donner gerührt stehen und starrte mit offenem Mund in das wirbelnde Weiß. So etwas hatte er noch nie gesehen.

«Das ist Schnee, Jeckli. Den kannst du anfassen.» Johanna bückte sich zur Erde, die schon gänzlich weiß überpudert war, und schob einen Ballen zusammen.

«Hier.»

Der Junge nahm den Ballen in die Hand und ließ ihn erschrocken fallen.

«Kalt!»

«Ja, mein Kleiner. Schnee ist kalt. Aber auch wunderschön!»

Der Würzwein hatte gerade zu köcheln begonnen, als Johanna von nebenan Männerstimmen hörte. Pfarrer Wendling und die Zunftgenossen ihres Vaters waren also eingetroffen. Gleich darauf war ein Rumpeln zu vernehmen, und Johanna wusste, dass der Sarg in die Stube gebracht worden war. Sie würde warten, bis man ihren Bruder hineingebettet hatte, um sich von ihm zu verabschieden.

Sie zog den Kessel von der Feuerstelle, nahm den Schöpfer vom Haken und begann, die bereitstehenden Becher aufzufüllen. Die Männer würden sich noch stärken wollen, bevor sie den Sarg mit Christophs Leichnam hinaus auf die Straße tragen würden, wo sich Nachbarn, Freunde und Verwandte bereits sammelten. In feierlichem Zug würde es hinüber nach Alt Sankt Peter gehen, unter Glockengeläut durch die verschneiten Gassen, und nach der Totenmesse würde Christoph in seinem Sarg in der ausgehobenen Grube versenkt werden, darin auf immer verschwinden, während sich die Trauergäste in der Trinkstube der Schneider gegenseitig Trost und aufmunternde Worte spendeten.

Johanna wischte sich eine Träne aus dem Gesicht. Sie fragte sich, ob sie ihren Bruder vermissen würde, und vermochte sich keine Antwort darauf zu geben. Zu viele Gräben hatten sich in den letzten Jahren zwischen ihnen aufgetan.

«Aus dem Weg, du Tölpel!»

Gerade noch rechtzeitig rettete sich Jakob mit einem Satz zur Seite, als der Einspänner auch schon an ihm vorbeipolterte. Seitdem es zu schneien begonnen hatte, in dichten, weißen Flocken, schienen die Leute es besonders eilig zu haben, sich und ihren Kram ins Trockene zu bringen.

Zögernd stellte er sich unter das Vordach des Torhauses und schlang sich die Arme um den Leib. Obwohl er fror und sein

Hunger nach dem Kanten Brot eher noch quälender geworden war, sperrte sich in Jakob alles dagegen, ans Ziel zu kommen. Er mochte Passpartutt nicht, diesen buckligen Alten, der einst für die Freiburger Diebe und Beutelschneider der wichtigste Mann gewesen war. Ihm nämlich hatte man jene Waren gebracht, die man nicht losbekam. Zumindest bis vor eineinhalb Jahren. Da war diesem Gauner, der sich nach außen hin als ehrbarer Kleinkrämer ausgab, in Wirklichkeit aber ein ausgekochtes Schlitzohr und für seinen Jähzorn bekannt war, schließlich doch der Boden unter den Füßen zu heiß geworden, und er hatte sich in seine alte Heimatstadt Straßburg abgesetzt.

Andererseits war Passpartutt der Einzige, den Jakob hier kannte und für den er sich die ersten Wochen würde verdingen können. Doch hatte das nicht auch Zeit bis morgen? Zwei Heller waren ihm noch geblieben, das mochte ausreichen, um sich für die erste Nacht in einer der Elendenherbergen für arme Reisende einzuquartieren und dort einen Napf voll heißer Suppe zu erhalten. Jetzt aber war noch helllichter Tag, und er wollte erst einmal die Stadt erkunden, die er nur flüchtig von einem kurzen Besuch her kannte.

Vor zwei Sommern nämlich hatten Brutteltasch und er den alten Passpartutt zu dessen Schutz hierher begleitet. Damals waren sie ganz bequem auf einem Lastkahn angereist, und Jakob hatte mehr als gestaunt über dieses ungewöhnliche Straßburg, das ihm dreimal so groß erschien wie Freiburg. Nie hätte er gedacht, dass eine Stadt mit so vielen Türmen und hohen Warten, Zwingern und Gräben, Ronden- und Wehrgängen bestückt sein konnte, allesamt mit Schießlöchern für grobes Geschütz und Büchsen versehen.

Wie reich und bedeutsam musste diese Stadt sein, wenn sie sich wie eine Festung zu schützen genötigt sah! Dafür war im Innern alles viel enger bebaut, waren die Gassen noch verwinkelter als in Freiburg, vor allem aber stieß man überall auf Wasser und Brücken, auf Zuflüsse und Kanäle, die Straßburg umschlossen und durchflossen. Er erinnerte sich, wie gotterbärmlich es an jenem schwülwarmen Hochsommertag nach Kloake gestunken hatte, während sie zugleich unter den Schwärmen von Mücken gelitten hatten.

Er gab sich einen Ruck und ließ das Straßburger Neutor hinter sich. Nachdem er zwei Wasserläufe überquert hatte, gelangte er an den Ort, den er gesucht hatte, um sich zurechtzufinden: das Münster im Herzen der Stadt. Ganz wie in Freiburg hatte man das prachtvolle Gotteshaus Unserer Lieben Frau geweiht, indessen war es noch um einiges mächtiger und höher, war angeblich sogar das höchste Bauwerk der Christenheit überhaupt. Dafür aber weniger schön, befand Jakob auch jetzt wieder, als er auf dem freien Platz zwischen Münster und Bischofshof stehen blieb. War diese Kirche doch nicht einmal richtig fertig gebaut geworden. Damals hatte er Passpartutt, der mehr als stolz auf seine Heimatstadt war, regelrecht in Harnisch gebracht, als er darüber gespöttelt hatte, dass den Straßburger Bürgern wohl das Geld ausgegangen sei, indem sie nur links des Kirchenportals einen Turm errichtet und rechts einen Stumpen gelassen hätten. Irgendwie schief sehe das Ganze aus, wie ein halbfertiges Haus.

Erst ein unsanfter Seitenhieb von Brutteltasch hatte Jakob zum Schweigen gebracht.

«Schwobebredle, Spritzbredle, Butterbredle, Änissbredle!», hörte er jetzt die Rufe der Zuckerbäcker. Jakob sah sich um. Vor dem Bischofshof, dessen bröckelnde Mauern verrieten, dass die hohe Geistlichkeit in dieser stolzen Reichsstadt nicht mehr viel zu vermelden hatte, war ein Weihnachtsmarkt aufgebaut, und er trat neugierig näher. Neben süßem Gebäck und sündhaft teurem Christstollen, neben Äpfeln, Birnen und Nüssen wurden auch Spielzeuge für die Kleinen angeboten: hölzerne Puppen mit beweglichen Armen und bunte Kreisel für die Mädchen, gerüstete

Reiter, Tierfiguren und Steckenpferde für die Knaben. Sogar ein ganzes Puppentheater konnte er entdecken – ein wahrhaft fürstliches Geschenk für ein Kind! Er hatte davon gehört, dass man neuerdings in manchen Gegenden die Kinder zu Weihnachten beschenkte und nicht etwa am Niklaustag oder zum neuen Jahr. Unwillkürlich streckte er seine Hand nach einem zierlich geschnitzten Pferd aus.

«Pfoten weg!» Der Händler trat hinter seinem Schragentisch hervor und baute sich drohend vor ihm auf. «Du siehst mir nicht aus, als könntest du das bezahlen.»

«Ansehen wird man sich's ja wohl dürfen», blaffte Jakob zurück. Doch dann wandte er sich ab und ging weiter. Er wollte seinen ersten Tag in Straßburg nicht mit einem Streit beginnen.

An den Ständen zu seiner Rechten wurden Wintermaien feilgeboten. Wer es sich leisten konnte, kaufte vor dem Christfest für die gute Stube noch ein paar Zweige der immergrünen Eiben, Stechpalmen oder Buchsbäumchen. Tannenzweige waren besonders teuer, das wusste Jakob aus Freiburg. Denn auch dort herrschte der Brauch, mit dem Grün der Wintermaien in dieser dunkelsten Zeit des Jahres böse Geister vom Haus fernzuhalten. Zugleich gab das frische Grün Hoffnung auf die Wiederkehr des Frühlings. Wer allerdings arm war, musste sich mit ein paar Obstzweiglein begnügen, die, heimlich irgendwo abgeschnitten, in der warmen Stube oder beim Herd in der Küche blühen sollten. Wenn man denn überhaupt eine eigene Heimstatt hatte.

Einen Atemzug lang durchfuhr Jakob leise Wehmut. Er unterdrückte einen Seufzer und näherte sich der Laube einer Würzkrämerin, die sich die Hände über einer Pfanne mit glühender Kohle wärmte. Wie herrlich es hier nach Zimmet und Mandelöl duftete!

«Eine Frage, Krämerin.»

Unwillig blickte das in Tüchern und Decken gehüllte Weib auf.

«Bei mir brauchst gar nit erst zu betteln anfangen.»

«Seh ich aus wie ein Bettler?»

«Wie der Junker zu Rappoltstein jedenfalls nit.»

«Ich such eine Herberge, wo ich heut Nacht für einen Heller Obdach finde.»

«Alsdann doch ein Habenichts», murmelte die Krämerin. Schließlich wies sie mit einer Hand in die Gegenrichtung des Münsters. «Alleweil quer durch d' Stadt auf Alt Sankt Peter zu. Von da aufs Zolltor zu, wo's zur Aurelienvorstadt geht. Da findst dann schon deine Läuseherberg.»

«Alt Sankt Peter – Zolltor – Aurelien», wiederholte Jakob wie ein Schulknabe. Er bedankte sich und machte sich auf den Weg. Inzwischen war die ganze Welt in Weiß getaucht, der Neuschnee knirschte unter seinen Schuhen.

Für diesmal schien ihm Straßburg noch größer als beim letzten Mal, was indessen auch daran liegen mochte, dass er ohne Begleitung war und in den verwinkelten Gassen mehrfach in die Irre lief. Mal fand sein Weg vor einer Mauer oder einem Wohnhaus ein jähes Ende, mal musste er feststellen, dass er im Kreis gegangen war. Und immer wieder schlug ihm aus geöffneten Fensterluken der Duft nach Weihnachtsbraten, Pfefferkuchen und frischgebackenem Brot entgegen, was ihm alsbald das Wasser im Mund zusammenlaufen ließ.

Zumindest wurde ihm warm beim Marschieren, und er bekam einiges von der Stadt zu sehen. Hatten sich rund um Münster und Bischofshof prächtige Bauten mit Zinnen und Türmchen, mit Erkern und geschnitztem Fachwerk angesiedelt, wahre Stadtpaläste also, so wurden die Häuser in Richtung Vorstadt niedriger und schlichter. Handwerkerhäuser eben, mit Werkstätten, deren Läden zur Straße hin fast die gesamte Hausbreite einnahmen und jetzt im Winter bis auf kleine Lichtspalten geschlossen waren, hie und da mit Schweineverschlägen im Kellergeschoss oder Ziegen- und Hühnerställen im Hof.

Vor allem wurden die Gassen immer enger. Vorspringende Ecken, überkragende Obergeschosse, die sich fast berührten, ließen wenig Luft und Licht herein und machten die Durchfahrt für Fuhrwerke unmöglich. Anders als in Freiburg stieß er immer wieder auf uralte Wachtürme und Tore, die als Wohnhäuser überbaut waren, auf Staffeln und schmale Schlupfe, die von dem einen ins andre Gässlein führten. Nur wenige freie Plätze gab es, und wo eine Gasse nur breit genug war, drängte sich ein Markt um den Brunnen, lehnten sich winzige Kramläden und Buden gegen die Häuserwände. Selbst auf den zahlreichen Brücken Straßburgs hatte er solche Verkaufsstände entdeckt.

Jakob hatte den Eindruck, als würde die Stadt, eingezwängt in ihren Befestigungsgürtel, aus allen Nähten platzen. Als er jetzt auf einer dieser Brücken stehen blieb, im Blick eine Reihe von Gerberhäusern mit ihren hohen, zu offenen Lauben durchbrochenen

Dachstühlen, fragte er sich zum wiederholten Male, ob die in der ganzen Christenheit berühmte Reichsstadt ihm nun besser gefiel als seine Heimatstadt oder nicht. Vor allem aber fragte er sich, wo in Gottes Namen sich dieses vermaledeite Zolltor und die Kirche befanden.

«He du, warte!» Er hielt einen kleinen Jungen am Kittel fest. «Wo geht's hier nach Alt Sankt Peter?»

Der Junge wies nach links, wo wenige Schritte vor ihnen eine Gasse abging. «Dort rein, bis zur Langen Straße. Dann siehst die Kirche schon.»

Auffordernd hielt er Jakob die offene Hand hin. Der schlug ihm grinsend auf die Schulter. «Für ein Handgeld müsstest schon mehr tun.»

«Ich bring dich hin. Ich bring dich überall hin, wo du willst. Nicht weit von hier gibt's auch heimliche freie Frauen – mit rot bemalten Lippen und solchen Brüsten!»

Er machte eine ausladende Handbewegung.

Jetzt musste Jakob wirklich lachen. «Was weißt du schon von Hübschlerinnen, du kleiner Bettseicher.» Er schüttelte den Kopf. «Dein Pech – ich komm allein zurecht.»

Damit ließ er den Knaben stehen, der ihm lauthals hinterherfluchte. Als er in das Gässlein einbog, sah er dort den Weg versperrt durch ein gutes Dutzend Menschen, die sich im Schneetreiben versammelt hatten. Jakobs jahrelange Erfahrung auf den Straßen Freiburgs hieß ihn, bei jedem Menschenauflauf auf der Hut zu sein. Er besaß keinerlei Papiere, die er als Fremder, sollte er in irgendeinen Schlamassel geraten, hätte vorweisen können.

Rasch zog er sich die Kapuze noch tiefer ins Gesicht, drückte sich in eine Toreinfahrt und harrte der Dinge. Die Männer und Frauen vor ihm schienen auf etwas zu warten, stapften gegen die Kälte von einem Bein aufs andere. Endlich öffnete sich im Haus gegenüber knarrend eine Tür, die Menge wich zurück – und ein schlichter Holzsarg wurde von vier schwarz gekleideten Herren herausgetragen. Ein Leichenbegängnis also. Jetzt verstand Jakob auch, warum ganz in der Nähe unablässig die Kirchenglocken läuteten, die, wie er schlussfolgerte, zu Alt Sankt Peter gehören mussten.

Gleich darauf setzte sich der Zug in Bewegung, der Pfarrer dem Sarg voran, gefolgt von einer hemmungslos schluchzenden Frau, die sich an den Arm eines schmächtigen Männleins klammerte. Auch ein junges Mädchen war unter den Trauernden, mit zwei kleinen Kindern an der Hand. Die anderen, offensichtlich Nachbarn und Freunde, schlossen sich an. Bald schon waren alle in Richtung Kirche verschwunden, und die Gasse lag still und verlassen.

Jakob wollte gerade seinen Weg fortsetzen, als sein Blick am Haus des Verstorbenen hängen blieb. Es war ein schlichtes, zweistöckiges Fachwerkhäuschen, wie alle hier in der Gasse, mit schmuckloser Holztür und einem breiten, von zwei Läden verschlossenen Fenster im Erdgeschoss. Das Schindeldach hatte sich in der Mitte gesenkt wie der durchhängende Rücken eines alten Gauls, und auch sonst wirkte das Häuschen nicht allzu gepflegt. Es befand sich an der Ecke zu einer kleinen Sackgasse, und die Mauer an seiner Längsseite verriet Jakob, dass noch ein Hinterhof dazugehören musste. Was nichts anderes hieß, als dass hier die Möglichkeit bestand, unbemerkt ins Innere zu gelangen!

Konnte er das wirklich tun? Schließlich war es mehr als verwerflich, in das Haus einer trauernden Familie einzubrechen. Andrerseits wollte er nichts andres, als seinen Hunger stillen und vielleicht irgendeinen Zierrat, einen hübschen Zinnkrug oder Kerzenständer, mitgehen lassen, um ihn auf dem Markt zu verscherbeln. Damit würde er dieser Familie gewiss keinen großen Schaden zufügen, er selbst aber würde für die nächsten ein, zwei Tage satt sein, und diese Aussicht war mehr als verlockend.

Als es schließlich noch stärker zu schneien begann, erleichterte das seinen Entschluss. Keine Menschenseele weit und breit war zu sehen, als er die düstere Sackgasse betrat. In die Hofmauer war ein niedriges Türchen eingelassen, das allerdings fest verschlossen war. Indessen ward er von seinen Freiburger Kumpanen nicht umsonst Meerkatz genannt, denn er vermochte zu klettern wie ein Affe.

Seine Finger glitten fachkundig über die rohen Steine, während er die mannshohe Mauer abschritt. Schließlich fand er in Brusthöhe einen losen Brocken, der sich mit etwas Zug und Druck heraushebeln ließ.

Jakob blickte sich suchend um. Neben einem Misthaufen am Ende der Sackgasse, die gegen die fensterlose Rückfront eines

Hauses stieß, lag allerlei Gerümpel herum: Steinbrocken, ein morscher, mit Moos bewachsener Balken, ein löchriger Ledereimer, ein paar Äste mit Tannengrün, die wohl der Sturm von letzter Nacht abgeschlagen hatte. Bei deren Anblick zögerte Jakob ein letztes Mal. Er könnte das Grün vom Schnee befreien, mit seinem Messer die schönsten Zweiglein abschlagen und damit zu jenem Markt beim Münster gehen. Das Geld für eine Mahlzeit im Wirtshaus müsste sich damit herausschlagen lassen.

Doch dann schüttelte er den Kopf. Das würde er hernach noch immer tun können. Zuerst wollte er wissen, was es in dem Haus zu holen gab, das in diesem Augenblick und mindestens noch für die nächste Stunde so verführerisch leer stand. Und einen Hofhund schien es auch nicht zu geben, der hätte nämlich längst gebellt.

Nicht ohne sich immer wieder zu vergewissern, dass er unbeobachtet war, schleppte er einige Steinbrocken seitlich unter die Lücke in der Mauer, packte schließlich noch das vermoderte Balkenstück darauf und trat das Ganze mit kräftigen Fußtritten fest. Es hielt stand, als er sich daraufstellte, und das Loch in der Mauer befand sich nun bequem in Kniehöhe. Er warf seine Umhängetasche und den faustgroßen Stein, den er herausgeschlagen hatte, hinüber, hob den linken Fuß, nahm mit dem rechten Bein Schwung und stieß sich in die Höhe. Genau als seine Schuhspitze in die Lücke fuhr, hatten seine Hände die Mauerkrone gepackt, und er zog sich nach oben.

Ein letzter Blick zurück auf die Gasse verriet ihm, dass ihn niemand gesehen hatte, und so ließ er sich ohne Eile auf der anderen Seite in den kleinen Hof gleiten, der unter einer dicken Schneedecke lag.

Wie er es erwartet hatte, führte von hier aus eine Tür ins Haus, und selbstredend würde diese Tür verschlossen sein. Aus Erfahrung wusste er indessen um die Nachlässigkeit der Leute, was die ordentliche Verriegelung ihrer Hintertüren betraf. Zumeist war von innen nur eine Querlatte vorgelegt, von einfachen Winkeln gehalten, die man mit ein wenig Geschick und Kraft lockern konnte. Und falls nicht, gelangte einer, der klettern konnte wie er, meist ohne Schwierigkeit über eine Dachluke ins Innere.

Mit wenigen Schritten war er bei der Tür. Dort zog er sein Stemmeisen aus der Tasche, das er, zusammen mit dem guten Hirschhornmesser und der alten Wolldecke, immer bei sich trug. Nachdem er die Klinke gedrückt hatte, ließ sich die Tür einen winzigen Spalt nach innen öffnen. Dieser Spalt reichte aus, um das Stemmeisen einzuführen. Gleichmäßig schlug er mit dem Stein gegen den Griff, bis sich innen die Latte lockerte und sich die Tür ein Stück weiter aufschieben ließ. Bald schon konnte er hineingreifen und die Latte aus ihrer Halterung nehmen. Der Weg ins Haus war frei!

In diesem Moment sah er im Augenwinkel einen Schatten. Erschrocken fuhr er herum, das Eisen kampfbereit in der Faust – aber dem Himmel sei Dank! Es war nur eine schwarze Katze gewesen, die von der Mauer zum Nachbarhof heruntergesprungen war und sich jetzt in Richtung Schuppen flüchtete. So recht erleichtert war er dennoch nicht, immerhin konnte eine fliehende schwarze Katze Unglück bringen.

Bevor Jakob über die Schwelle trat, zog er sich Tasche und Umhang von den Schultern, schüttelte den Schnee ab und strich seine Schuhe an dem Rost ab.

Die Glut des Herdfeuers strahlte noch kräftig, und so hängte er seinen feuchten Umhang an den Haken gleich daneben, legte Holz nach und rückte den Schemel dicht vor das Feuer, um sich erst einmal aufzuwärmen. Wohlig schloss er die Augen und streckte die müden Beine weit von sich. Wie gut das tat nach der langen Reise!

Da stieg ihm ganz unverkennbar der Geruch nach süßem Wein in die Nase, und auf der Stelle begann sein Magen wieder zu knurren. Der Duft kam aus einem Krug, der neben einem leeren Brotkorb auf dem Küchentisch stand. Nun gut, eine kleine Stärkung zuerst, dann wollte er sich in der Stube umsehen. In der Küche selbst, das hatte sein geschulter Blick sogleich festgestellt, war nämlich nichts zu holen. Auf den Zapfen der Rauchhaube, die sich tief über den gemauerten Herd zog, staken nur drei einfache irdene Töpfe, an den Haken daneben Kelle, Schieber und Bratspieß, alles von Ruß geschwärzt, und das Essgeschirr auf dem Wandbord war auch nur aus Holz.

Jakob nahm sich einen Becher und goss ihn randvoll mit Würzwein. Der war noch lauwarm und schmeckte herrlich, so süß und stark. Mit dem Becher in der Hand betrat er die kleine Vorratskammer. Was er dort vorfand, war auf den ersten Blick enttäuschend. Nur ein halber Laib Graubrot, bereits ziemlich hart, ein Tontopf mit eingemachtem Kraut, eine Handvoll Walnüsse, drei Äpfel und ein Säckchen mit grobem Mehl fanden sich dort auf dem Regal. Dafür eine kleine Dose Naschwerk, gefüllt mit Zuckerkringeln und Bruch von Honigkuchen.

Da konnte er sich nicht länger zurückhalten. Gierig stopfte er sich die Süßigkeiten bis zum letzten Krümel in den Mund, trank dabei den Becher leer, um sich anschließend mit bloßen Fingern über das saure Kraut herzumachen.

Endlich war sein Hunger gestillt. Die Äpfel und die Hälfte des Brots verstaute er in seiner Tasche, schließlich füllte er sich den Rest des Würzweins ab. Eine angenehme Leichtigkeit erfasste Kopf und Glieder, als er die Stube betrat. Im Dämmerlicht, das durch die Lichtspalte der Fensterläden fiel, erkannte er auch hier sofort, dass diese Familie nicht gerade mit Reichtümern gesegnet war. Und dass der Hausherr seines Handwerks ein Schneider war.

Der Raum, der zugleich als Werkstatt und Stube diente, war nur spärlich eingerichtet, es fand sich nichts, was Jakob auf die Schnelle hätte veräußern können. Bis auf das Handwerkszeug des Schneiders vielleicht, doch daran wagte er sich nun wirklich nicht. Zugleich fiel sein Blick voller Bewunderung auf eine zierlich umsäumte Borte. Da musste schon jemand sehr geschickte Finger und ein gutes Augenmaß haben, um solcherlei feine Näharbeiten fertigen zu können. Er selbst hatte nie die Gelegenheit gehabt, mit seinen Händen etwas Schönes zu schaffen.

In einem letzten Versuch, etwas Verwertbares zu finden, zog er den Vorhang, der an der Holztreppe nach oben angebracht war, ein Stück zurück. Doch die Nische enthielt nichts als eine Strohmatratze mit Bettzeug. Wahrscheinlich die Bettstatt des Lehrknechts oder Gesellen.

Allein beim Betrachten des weichen Daunenkissens und der dicken Wolldecke fuhr ihm die Müdigkeit wie Blei in alle Knochen. Er ließ sich auf den Strohsack sinken und trank den restlichen Wein leer, den er noch immer in der Hand hielt. Dabei kam ihm erstmals der Gedanke, dass womöglich der Hausvater selbst gestorben sein könnte und die arme Familie damit in eine mehr als üble Lage geraten war.

Ein Anflug von Traurigkeit überkam ihn, wie so oft, wenn er zu viel getrunken hatte. Der Anblick des Wintermaiens, der da vom Deckenbalken hing, machte es nicht besser: Ein kümmerlicher Apfelzweig mit verdorrten Blättern, der niemals blühen würde.

Er schloss die Augen und dachte an Freiburg zurück. War es

falsch gewesen, was er dort getan hatte? Nein, ein Fehler war gewesen, dass er viel zu lange tatenlos mit angesehen hatte, wie Dickart, ihr neuer Capitan, sie alle drangsaliert hatte. Dieser Bastard hatte rein gar nichts von einem guten Anführer, herrschte stattdessen über seine Gesellen wie ein Tyrann, und niemand hatte gewagt aufzumucken. Schließlich war Dickart mit seinen vielleicht achtzehn Jahren bereits ein Bär von einem Mann, dazu gerissen und unberechenbar. Wie gut hatten sie es da unter dessen Vorgänger gehabt. Brutteltasch war noch ein wenig älter gewesen, ein schweigsamer, dürrer Kerl. Auch ihm war unbedingter Gehorsam zu leisten gewesen, doch im Gegensatz zu Dickart dankte er es seinen Gesellen mit Gerechtigkeit. Brutteltaschs Hinweise, wo etwas zu holen war, hatten stets Hand und Fuß gehabt und waren meist kinderleicht umzusetzen – hatte er die Lage doch oft selbst tagelang unter großer Gefahr ausgekundschaftet. Dafür gaben sie ihm bereitwillig einen Teil der Beute ab. Brauchten sie etwas, wie ein Paar warme Handschuhe im Winter oder neue Hemden oder Kittel, besorgte er es ihnen im Gegenzug.

Jakob selbst war ihm bald zur rechten Hand geworden, da er mit seinen Kletterkünsten beim Einbruch in Schuppen oder Werkstätten unentbehrlich wurde. Nur leider war Brutteltasch eines Tages unvorsichtig geworden: Auf eigene Faust hatte er, um seiner Liebsten ein Geschenk zu machen, im Münster den Opferstock aufgebrochen und war dabei erwischt worden. Am folgenden Markttag dann hatte man ihm vor gaffendem Volk die Ohren abgeschnitten und für immer der Stadt verwiesen. Sie hatten nie wieder von ihm gehört.

Vor allem der Kleinste und Jüngste ihrer Truppe, von allen nur «Hasenköttel» genannt, hatte unter der Heimtücke des neuen Capitans zu leiden gehabt. Der arme Kerl, der aus Scham über seine Hasenscharte stotterte, musste dem Capitan jederzeit zu Diensten sein und wurde dafür weidlich ausgenutzt. Einmal, zum letzten Martinimarkt, hatten sie vom Stand eines Zuckerbäckers Honigkuchen geklaut. In ihrer Gier hatten sie übersehen, dass am Fischbrunnen ganz in ihrer Nähe der Marktaufseher lehnte. Prompt setzte der ihnen, als sie sich aus dem Staub machten, nach. Hasenköttel und der Capitan waren in Richtung Pfauenburse gerannt, den Aufseher dicht im Nacken. Da hatte der Capitan dem Kleinen ein Bein gestellt, sodass es Hasenköttel geradewegs aufs Pflaster schlug und er vom Marktaufseher erwischt wurde. Angesichts seines kindlichen Alters hatte der Amtmann Gnade vor Recht ergehen lassen und ihn nach einer tüchtigen Tracht Prügel laufenlassen.

«Ich wollt ihn auf die Probe stellen», hatte Dickart gegrinst, als Jakob ihn kurz darauf wütend zur Rede gestellt hatte. «Wollt mal sehen, ob er uns alle verrät oder sein Maul hält. – Bist ein braver Kerl, Hasenköttel. Darauf trinken wir einen.»

Der Vorfall in der Nacht auf den vierten Adventsonntag hatte für Jakob schließlich das Fass zum Überlaufen gebracht: Sie waren alle gemeinsam durch die düsteren Schenken der Freiburger Neuburgvorstadt gezogen, und keiner von ihnen war mehr ganz nüchtern gewesen. Vor allem der Capitan nicht, der schon seit längerem ein Auge auf Wespe geworfen hatte. Wespe war die ältere Schwester von Hasenköttel, etwa dreizehn Jahre alt und neben

Klette das zweite Mädchen in ihrer achtköpfigen Schar. Vor allem aber war sie das ganze Gegenteil ihres kleinen Bruders, bildschön mit ihrem langen blonden Haar, den himmelblauen Augen und dem Herzchenmund.

«Komm, mein kleiner Goldschatz.» Dickart hatte sie bei der Hand genommen und durch die Dunkelheit hinter sich her in Richtung Friedhofsmauer von Sankt Niklaus gezogen. Und dabei voller Vorfreude dümmlich gekichert.

Jakob wusste, dass sich rund um die Kirche, im Schutz der mannshohen Mauern, die Liebespaare unter den jungen Leuten zum nächtlichen Stelldichein trafen, sogar jetzt im Winter. Er selbst hatte in dieser Hinsicht wenig Erfahrung, besser gesagt, kannte er sich kein bisschen aus im Umgang mit Frauen.

«Lassen wir diese besoffenen Kindsköpfe allein», hörte er den Capitan lallen. «Ich werd dir zeigen, was ein rechtes Mannsbild ist.»

Wespe riss sich los. «Das könnt dir so passen», fauchte sie. «Such dir jemand anders zum Hinlangen.»

«He he – wie redst jetzt mit mir? Es sollt dir eine Ehre sein, wenn der Capitan dich will.»

Erneut griff Dickart nach ihr, diesmal reichlich grob, und zerrte sie an die Friedhofsmauer. Dort presste er sie an sich und versuchte sie zu küssen, während seine Linke unter dem dicken Flickenkittel nach ihren Brüsten fingerte. Der Welsche Geck reckte den Hals und begann blöde zu feixen.

«Du kommst mit mir auf den Kirchhof, wenn ich's doch sage!», keuchte Dickart.

«Lass mich los! Lass mich sofort los!»

Jakob war nahe dran, einzuschreiten, als auch schon Hasenköttel zur Stelle war. Wutschnaubend trommelte der Junge mit seinen kleinen Fäusten gegen Dickarts Rücken und trat ihm gleichzeitig gegen die Waden.

Der Capitan fuhr herum. «Hörst du wohl auf, du dreckige kleine Wanze?»

Immerhin ließ er das Mädchen los, doch nur um dem Jungen die Faust ins Gesicht zu schnellen. Hasenköttel begann zu torkeln, dann ging er mit aufgerissener Lippe zu Boden.

Da war Jakob endgültig der Kragen geplatzt. Mit einem Satz war er bei Dickart und stieß ihn hart gegen den Rücken. «Auf die Schwachen losgehen, das kannst du. Nimm mich als Gegner, du feiger Hurensohn!»

Kampfbereit und mit geballten Fäusten tänzelte er vor seinem Anführer hin und her. Der ließ sich nicht zweimal bitten. Haarscharf verfehlte Dickart mit seinem Schlag Jakobs Gesicht und geriet ins Straucheln – kein Wunder, so viel, wie er gesoffen hatte. Da war auch schon der Welsche Geck an der Seite seines Herrn, doch Jakob setzte ihn mit einem Tritt zwischen die Beine außer Gefecht, musste dafür vom Capitan einen schmerzhaften Hieb gegen die Schläfe einstecken, bevor er ihm endlich die Faust gegen das Kinn schmettern konnte. Dickart sackte mit einem Grunzen zu Boden.

Eigentlich wäre das der Zeitpunkt gewesen aufzuhören. Indessen hatte sich in Jakob in den letzten Wochen eine solche Wut aufgestaut, dass er sich niederbeugte und ein letztes Mal zuschlug

– mit voller Wucht mitten auf die Nase seines Gegners. Man hörte es knacken, dann erst war Dickarts gellender Schmerzensschrei zu hören.

«Das hast du nun davon», stieß Jakob hervor. «Und meinen Anteil vom letzten Mal will ich auch endlich haben.»

Mit einem Ruck riss er dem Capitan die Geldkatze vom Gürtel und richtete sich schwer atmend auf. Sollte er alles an sich nehmen? Ohnehin würde er auf Nimmerwiedersehen verschwinden müssen. Er sah die sprachlosen Gesichter der umstehenden Kumpane, dann griff er sich ein paar Münzen heraus und schleuderte den Beutel auf die Erde.

Im selben Augenblick tauchten am andern Ende der Gasse zwei nächtliche Scharwächter mit Laterne und gezücktem Kurzschwert auf.

«Auseinander, Lumpenpack!», brüllten die Männer.

Ächzend, das Gesicht blutverschmiert, versuchte Dickart sich aufzurichten.

«Das wirst mir büßen, Meerkatz», zischte er hasserfüllt. «Wenn du mir noch mal über den Weg läufst, mach ich dich tot!»

Da hatte Jakob die Beine in die Hand genommen und war davongestürzt, kreuz und quer durch die nachtdunklen Gassen der ärmlichen Freiburger Vorstadt, bis er vor einem Bretterverschlag hinter dem Armenspital jäh innehielt. Dort hatte er sich für den Rest der Nacht versteckt, zusammengekauert unter seiner löchrigen Decke, die er winters wie sommers bei sich trug, und gewartet, bis die Wächter des Mönchtors im Morgengrauen die Tore aufschlossen.

Nein, er hätte geradewegs wieder so gehandelt, dachte Jakob müde, als sein Oberkörper jetzt auf das weiche Kissen sank. Mit dem nächsten Atemzug war er auch schon eingeschlafen.

«Was bist du nur schwer geworden in letzter Zeit.»

Vorsichtig setzte Johanna den Kleinen auf der Küchenbank ab. Jeckli rieb sich die Augen und gähnte zugleich, während sie ihm rasch Mantel, Schuhe und Mütze abnahm und dann die Tranlampe entzündete. Auf dem Nachhauseweg war es bereits Nacht geworden.

«Warum hört Mutter gar nicht mehr auf zu weinen? Sie hat doch noch uns», sagte Gysel. Auch die Sechsjährige wirkte hundemüde. Kein Wunder, hatten die beiden Kinder doch heute ihren Mittagsschlaf verpasst. Dabei wäre Johanna liebend gern noch länger in der warmen, gemütlichen Trinkstube der Schneiderzunft geblieben, wo nach der dritten Runde Starkbier – Trauerfeier hin oder her – auch wieder gelacht und gescherzt worden war. Nur die Mutter hatte weiterhin still vor sich hin geweint.

Johanna strich ihrer kleinen Schwester über die Wange. «Sie hat halt den Christoph sehr lieb gehabt, genau wie uns alle. Und außerdem war er ja der Älteste und hat schon für unser Brot und Auskommen gesorgt.»

Gysel sah sie erschrocken an. «Müssen wir dann jetzt hungern?»

«Aber nein, du Dummerchen. – Wartet, ich will nur noch nach dem Feuer schauen, dann bring ich euch hoch ins Bett. Und dort erzähl ich euch eine schöne Geschichte.»

«Au ja! Vom Schreckgeist Knecht Ruprecht – oder vom bösen Wassermann aus der Ill!»

Wider Willen musste Johanna lachen. Gysel liebte es, jetzt in der Zeit der Raunächte Geschichten von Geistern, Hexen und Unholden anzuhören, um dann, nach dem Gutenachtgebet, beruhigt einzuschlafen.

«Nein, mein Schatz. Heute erzähle ich dir vom Christuskind, das morgen geboren wird.»

Johanna trat zum Herd, um das Feuer anzufachen, als sie bemerkte, dass das reichlich aufgeschichtete Holz noch nicht zur Glut heruntergebrannt war. Seltsam war das, gerade als ob jemand vor kurzem erst nachgelegt hätte. Noch verwirrender indessen war, dass da ein rotbrauner Mantel am Haken hing. Hatte ihn jemand von den Trauergästen vergessen, die mit ihnen Totenwache gehalten hatten? Aber bei diesem Wetter würde kein Mensch ohne Überzeug hinausgehen! Zudem wäre ihr der schäbige, mehrfach geflickte Umhang längst aufgefallen, denn die letzten Gäste waren schon Stunden zuvor heimgekehrt, um sich für das Leichenbegängnis zu richten.

Kopfschüttelnd nahm sie Jeckli, der bereits halb eingeschlafen war, erneut auf den Arm, als ihr Blick auf den leeren Weinkrug fiel.

«Hast *du* den Wein ausgetrunken?», wandte sie sich ungläubig an Gysel.

«Nein, ganz ehrlich nicht. Kann ich jetzt ins Bett?»

Johanna lief ein Schauer über den Rücken. Sie war sonst nicht gerade ängstlicher Natur, doch irgendetwas stimmte hier ganz und gar nicht. Hoffentlich kamen die Eltern bald nach Hause.

Als Nächstes entdeckte sie die Latte zum Verriegeln der Hintertür, die nutzlos am Türpfosten lehnte. Normalerweise war es ihre Mutter, die, wenn sie alle miteinander das Haus verließen, die Küchentür zum Hof absperrte. Hatte sie das in ihrem Kummer heute vergessen?

«Leg dich schon mal auf die Küchenbank», wies sie ihre Schwester mit zittriger Stimme an. «Ich muss noch etwas nachschauen.»

Maulend wickelte sich Gysel in die Decke, die winters immer auf der Bank lag, und schloss die Augen. Johanna setzte Jeckli auf dem Boden ab.

«Du wartest hier bei deiner Schwester. Ich bin gleich wieder da. Und keiner verlässt die Küche.»

Auf Zehenspitzen trat sie zur Tür in die Stube, die nur angelehnt war, und lauschte. Während Gysels tiefe, gleichmäßige Atemzüge ihr verrieten, dass das Mädchen auf der Stelle eingeschlafen war, wagte sie selbst es kaum, Luft zu holen. Plötzlich war sie sich sicher, dass jemand ins Haus eingedrungen war. Womöglich hatte sich der Räuber hier irgendwo versteckt oder war auf den Dachboden geflüchtet?

Sie nahm die Lampe zur Hand, schob vorsichtig die Tür auf, um sie sogleich wieder hinter sich zuzuziehen, und betrat mit klopfendem Herzen die Wohnstube. Doch rundum war alles still im Haus, und in Stube und Werkstatt lagen die Dinge an Ort und Stelle. Nicht einmal Vaters Werkzeug war angerührt, so viel konnte sie im Schein ihrer Lampe erkennen. Selbst wenn jemand hier gewesen sein sollte, dann war er wohl längst über alle Berge.

Aus der Küche begann Jeckli leise zu plärren.

«Ich komm ja gleich», sagte sie.

Sie trat an den Schneidetisch, um sich doch für alle Fälle mit einer Schere zu bewaffnen, als sich der halb zugezogene Vorhang unter der Stiege bauschte.

«Ist da jemand?»

Johanna hatte Mühe, die Worte laut herauszubringen. Sie stellte das Licht auf dem Boden ab, näherte sich mit der Schere in der Faust der Nische – und wäre fast gestorben vor Schreck. Vor ihr im Halbdunkel kauerte ein Junge, mit vom Schlaf verstrubbeltem Haar und zerlumptem Gewand, und starrte sie aus großen Augen an.

Abwehrbereit hielt sie die Schere von sich gestreckt, als sich im selben Moment im Schloss der Haustür ein Schlüssel drehte. Dann waren Stimmen zu vernehmen.

«Hab Dank fürs Heimbegleiten, Lambrecht. Einen schönen Abend noch.»

«Geh her, Madlena – du willst doch wohl nicht allein bleiben jetzt, in dieser traurigen Stunde. Dein Gervasius kommt eh nicht so bald.»

Dem Himmel sei Dank – die Mutter war zurück! Dazu in Begleitung des dicken Lambrechts.

Johanna war noch immer wie versteinert. Auch wenn der Junge kaum so alt war wie ihr Bruder Christoph – das hier war eindeutig ein Spitzbube von der Straße, der in fremde Häuser einstieg. Was, wenn er bewaffnet war?

Doch als er jetzt flehend die Hände hob, wirkte er schutzlos wie ein Kind.

«Lass mich laufen!», stieß er leise hervor. «Durch den Hof.»

Indessen blieb ihr keine Zeit zu entscheiden. Mit einem Aufschrei stand die Mutter mitten im Raum.

«Was ist das für ein Kerl? Was treibt der in Christophs Bett?»

Ihre Stimme war schrill vor Entsetzen. Doch da war der Fremde bereits aus seinem Unterschlupf hervorgestürzt, stolperte dabei über die eigenen Beine und schlug der Länge nach auf dem Dielenboden auf. Von diesem Augenblick an hatte Johanna keine Angst mehr, im Gegenteil: Eine Welle von Mitgefühl flammte plötzlich in ihr auf.

Währenddessen hatte sich Lambrecht, der Zunftgenosse ihres Vaters und ein Mannsbild massig wie ein Bär, in die Stube gedrängt. Mit Kampfgebrüll machte er sich über den hilflosen Jungen her, indem er sich mit seinem ganzen Gewicht auf dessen Brustkorb hockte und die Fäuste auf ihn niederhageln ließ. Jeckli, der aus der Küche entwischt war und sich an Johannas Rock klammerte, brüllte inzwischen wie am Spieß. Für einen Augenblick herrschte ein heilloses Durcheinander.

«Aufhören! Ihr schlagt ihn noch tot!» Johanna drückte ihrer Mutter die Schere in die Hand und hielt Lambrecht mit beiden Händen am Handgelenk fest. «So hört ihn doch erst einmal an!»

Schnaufend richtete Lambrecht sich auf, ohne den Jungen loszulassen, und Johanna nahm ihren kleinen Bruder tröstend auf den Arm.

«Alsdann – sprich, du Erzlump», hörte sie Lambrecht schnauzen. «Und danach bringen wir dich in die Wachstub vom Scharwächterhaus. Die werden schon wissen, was man mit einem wie dir macht.»

«Ich bitt Euch, lasst mich gehen. Ich hab nichts gestohlen, das könnt Ihr nachschauen.»

«Hast meiner Tochter was angetan?», fragte ihre Mutter mit bebender Stimme. «Oder … oder kennt ihr zwei euch gar?»

Johanna sperrte Mund und Augen auf. «Mutter! Was denkst du von mir?», brachte sie schließlich hervor. «Ich hab ihn hier unter der Treppe gefunden, wo er wohl eingeschlafen war.»

Leise vor sich hin jammernd schritt ihre Mutter kreuz und quer durch den Raum, leuchtete Stube und Werkstattecke ab, doch es schien wirklich nichts zu fehlen. Dann hielt sie dem Eindringling, den Lambrecht inzwischen am Kragen in die Höhe gezogen hatte, das Licht vors Gesicht.

Damit hatte Johanna Gelegenheit, ihn eingehend zu betrachten. Der Junge war schlaksig und dünn, dabei nicht allzu groß. Was er am Leib trug, waren eher Lumpen als ordentliche Kleider. Bis auf die Lederschuhe, die wirkten nagelneu. Sein kurzes, blondes Haar stand über der Stirn in einem Wirbel nach oben, die rechte Wange war von einer alten Narbe gezeichnet, und an der Schläfe blutete er jetzt von Lambrechts Schlägen.

«Glaubt mir, ich hab nichts getan.» Seine Worte klangen nicht ängstlich, eher trotzig. «Ich war nur müd und hungrig.»

«Und dann hast hier an die Tür geklopft», höhnte Lambrecht, «und der Heilige Geist hat dir aufgemacht und gesagt: ‹Komm herein, mein Sohn, und iss und trink und leg dich schlafen.› – Wie heißt du überhaupt?»

«Meer … – ähm, Jakob.»

«Und weiter?»

Johanna spürte, wie Jakob sie anstarrte. Er hatte warme hellbraune Augen.

«Grüninger! Jakob Grüninger.»

«Verwandt mit den hiesigen Grüningers?»

Johanna wusste genau, dass dies eine Fangfrage war, und der Junge tappte prompt in die Falle, indem er nickte.

«Also ein streunender Hund», knurrte Lambrecht verächtlich. «Das dacht ich mir. Die Scharwächter vom Gerbergraben werden schon aus dir rausprügeln, wer du wirklich bist.»

Grob drehte er Jakob den Arm auf den Rücken und schob ihn in Richtung Haustür.

«Auf geht's!»

«Wartet.» Johanna stellte sich den beiden in den Weg. «Seht Ihr nicht, dass er blutet?»

Lambrecht schob sie zur Seite. «Spinnst jetzt, Johanna? Bei einem solch dreisten Einbrecher auch noch den barmherzigen Samariter spielen? Der Schelmenhals kann froh sein, dass ich ihm nicht alle Knochen gebrochen hab.»

«Dann lasst mich wenigstens seinen Umhang aus der Küche holen. Draußen ist es bitterkalt.»

Mit Jeckli auf dem Arm rannte sie in die Küche, wo Gysel

unter ihrer Decke vergraben tief und fest schlief. Sie schien von dem ganzen Geschrei tatsächlich nichts mitbekommen zu haben. Hastig riss Johanna den schäbigen Umhang vom Haken und kehrte zurück in die Stube, wo ihre Mutter sich eben kraftlos auf einen Hocker sinken ließ.

«Nein, was für eine Aufregung. Und das an einem solchen Tag! O Herr im Himmel, warum prüfst du uns so hart?»

Ihre Worte gingen in Schluchzen über.

«Es tut mir leid, Madlena, aber du musst mich schon begleiten. Schließlich ist er in *euer* Haus eingebrochen und nicht in meins.»

«Ach Lambrecht – können wir nicht warten, bis Gervasius zurück ist?»

«Nichts da. Der wird bis zum Nachtläuten in der Trinkstube hocken, das kannst mir glauben. Jetzt komm endlich, bringen wir es hinter uns. – Und du», wandte er sich an Johanna, die ihm Jakobs Umhang reichte, «spinnst wirklich gehörig.»

Widerwillig streifte er seinem Gefangenen den Mantel über, während ihre Mutter ebenso widerwillig die Haustür öffnete. Jakob warf Johanna einen dankbaren Blick zu, dann fiel die Tür hinter ihnen ins Schloss.

Eine fast unheimliche Stille setzte ein, als sie fort waren. Johanna stellte die Lampe auf halber Höhe der Stiege ab und brachte Jeckli hinauf in ihre Kammer, wo sie mit den beiden Kleinen das Bett teilte. Seine Augen waren schon zugefallen, als sie ihn in die Decke wickelte.

Am liebsten hätte sie sich zu ihm ins Bett gekuschelt, so erschöpft fühlte sie sich. Die letzten zwei Tage war alles ein bisschen viel gewesen, und jetzt auch noch dieser Schreck. Doch es wartete einiges an Arbeit auf sie. Außerdem wollte sie herausfinden, ob dieser Jakob wirklich nichts angerührt hatte und ob er über den Hof ins Haus gelangt war. Manchmal nämlich, wenn niemand sie sehen sollte, ging Johanna hinten herum auf die Gasse, und mehr als einmal hatte sie dabei vergessen, das Törlein in der Mauer zu verschließen. Wenn dem so wäre, dann wäre sie womöglich mitschuldig an dieser Geschichte.

Während sie auch Gysel in die Schlafkammer verfrachtete, ging ihr dieser fremde Junge weiter durch den Kopf. Bestimmt würde Jakob die Nacht im Guldenturm oder im Strafhäuslein auf der Schindbrücke verbringen müssen. Oder schlimmer noch: im Stockhaus bei Sankt Barbara, wo Füße und Hände der Gefangenen in einen Holzstock gespannt wurden. In einer qualvollen Haltung hing man da im Block fest und konnte, wenn man hernach freigelassen wurde, kaum noch aufrecht gehen.

Innerlich schüttelte sie sich und beschloss, von Christophs Schlafstelle Kissen und Decke nach oben zu bringen. Jetzt, wo die Nächte immer eisiger wurden, konnten die Kinder das zusätzliche Bettzeug gut gebrauchen. Dabei entdeckte sie die Tasche. Sie war aus gutem Leder, wenn auch speckig und abgegriffen, und enthielt neben Jakobs Habseligkeiten drei rotbackige Äpfel und ein Stück Brot. Das also war es, was er gestohlen hatte! Sie war hin- und hergerissen zwischen Ärger und Mitleid. Nein, dieser Junge war kein Räuber und Einbrecher, sondern einer, der hungrig war und an diesem kalten Wintertag ein warmes Plätzchen gefunden hatte, das ihn zum Ausruhen verführt hatte. Nur – hätte er ausgerechnet die Äpfel mitgehen lassen müssen? Die waren für sie und die jüngeren Geschwister zum Weihnachtsfest gedacht gewesen. Neben dem Naschwerk übrigens die einzigen Geschenke, denn Dinge wie Puppenwerk und Spielfiguren konnten sie sich nicht leisten.

Sie nahm Äpfel und Brot heraus und legte alles auf den Stubentisch. Dann brachte sie die Tasche hinauf in ihre Schlafkammer und versteckte sie unter dem Bett. Vielleicht würden die Scharwächter oder Stockrichter ja Milde walten lassen angesichts des bevorstehenden Weihnachtsfestes und Jakob seiner Wege ziehen lassen. Für diesen Fall wollte sie ihm die Tasche aufbewahren.

Kein Vaterunser später allerdings war ihr Mitgefühl wie weggeblasen. Als sie nämlich das gestohlene Gut in die Speisekammer zurückbrachte, entdeckte sie, was der Kerl tatsächlich angerichtet hatte: Nicht nur die Mahlzeit für den morgigen Tag hatte er fast gänzlich weggefressen, sondern, viel schlimmer, das Weihnachtsgebäck für die Kleinen! So selten bekamen die beiden Zuckerzeug zu sehen, wo doch jeder Pfennig für Wichtigeres gebraucht wurde.

Sie selbst hatte es gekauft, hatte hierzu in den letzten Wochen, wenn sie die Hauswäsche zum Waschen brachte, auch noch die der Nachbarsfamilie mitgenommen. Bei Sturm und Regen war sie mit dem vollbeladenen Handkarren quer durch die Stadt gezogen, bis hinüber zum inneren Judentor, wo sich das öffentliche Waschhaus befand. Hart gearbeitet hatte sie für die paar Heller, sich die Hände wund geschrubbt, nur um den Geschwistern ein paar Leckereien fürs Weihnachtsfest kaufen zu können.

Wutentbrannt starrte sie jetzt auf die leere Blechdose, in der nicht einmal mehr der kleinste Zuckerkrümel den einstigen Inhalt verriet. Und sie hatte diesem Lump auch noch seinen Mantel hinterhergetragen! Ihretwegen konnte Jakob in den Kerker gesperrt werden, bis er dort erfror!

«Du Saukerl! Dir will ich's zeigen!»

Der Mann bog ihm den Arm nur noch schmerzhafter auf den Rücken. Jakob hatte versucht, sich vor dem Brückchen über den Gerberbach loszureißen. Vergeblich allerdings, denn dieser Lambrecht verfügte über Bärenkräfte. Inzwischen hatte es aufgehört zu schneien, es war bitterkalt und Nacht geworden, doch der fast volle Mond am sternenklaren Himmel tauchte die Welt in silbriges Licht.

«Du gehörst wahrlich geschlagen und gebrandmarkt!», konnte sein Begleiter gar nicht aufhören zu schnauzen. Am liebsten hätte sich Jakob die Ohren zugehalten. «Oder besser noch, draußen vor der Stadt an den Galgen geknüpft, zur Abschreckung für andres Gesindel deiner Art. Einem Mann ins Haus einzubrechen, dessen ältester Sohn grad zu Grabe getragen wird! Das allein ist ja schon Gott gelästert.»

Bei den Worten *ältester Sohn* heulte die Frau, die hinter ihnen kaum Schritt zu halten vermochte, auf. Auch Jakob hatte die Bemerkung einen Stich versetzt. Wie alt mochte dieser Sohn wohl gewesen sein, und wie war er ums Leben gekommen? Er spürte, wie ihm flau in der Magengegend wurde.

Seitdem sie die Brücke überquert hatten, ging es den Wassergraben längs, auf dem sich eine dünne Eisschicht gebildet hatte. Jakob ahnte: Am Ende dieser Gasse würden die Scharwächter auf ihn warten, Männer der Zunft, die im Wechsel ihren Dienst taten, und in Kettenhemd und Lederpanzer, mit Säbel und Keule bewaffnet, im Viertel für Ruhe und Ordnung sorgten. So ähnlich kannte er das auch aus Freiburg. War man erst einmal in den Fängen der Scharwache, gab es kein Entkommen mehr.

Er wandte sein Gesicht der Mutter des Verstorbenen zu.

«Es tut mir leid.»

Und das war die Wahrheit. Im Gegensatz zu Dickart oder dem Welschen Geck hatte er, nach all den Jahren, immer noch so etwas wie Standesehre. Vermutlich bekam er jetzt die gerechte Strafe für das, was er getan hatte. Warum nur war er so hundsblöd gewesen und hatte auf nüchternen Magen zwei Becher Wein geleert? Und sich dann auch noch auf diesem Strohbett niedergelassen, um geradewegs einzuschlafen?

«Es tut mir wirklich leid um Eure Familie», fuhr er fort. «Ich hätte das nicht tun dürfen.»

«Halt's Maul!» Sein Bewacher versetzte ihm einen schmerzhaften Schlag ins Genick. «Gleich sind wir da. Ah, da steht ja schon einer von unseren Freunden. – He, Hans, komm her und hol dir diesen Strolch ab. Ich bin's, der Sutterlin Lambrecht.»

Lambrecht fuchtelte mit dem Arm herum, während er seinen Schritt beschleunigte. Blitzschnell ergriff Jakob die Gelegenheit beim Schopf. Sein linkes Bein schnellte zur Seite, Lambrecht stolperte zu Boden und hätte ihn fast mitgerissen. Doch zugleich hatte sich sein Griff gelockert. Jakob kam frei und versetzte dem andern noch einen kräftigen Stoß zum Abschied. Dann rannte er los, unter einem Torbogen hindurch, der in ein schmales Gässchen führte. Hörte hinter sich Lambrecht brüllen: «Haltet den Kerl!», während seine Füße auf dem glatten Schnee wegrutschten, als er im Sturmschritt in die nächste Gasse abbog. Tatsächlich stellte sich ihm dort einer in den Weg, den er grob zur Seite stieß, um weiterzuhetzen durch dieses verwinkelte Gerber- und Handwerkerviertel, im Zickzack wie ein gejagter Hase.

Aus der Stadt konnte er nicht entkommen, seine einzige Rettung mochte sein, die Verfolger ein Stück weit abzuschütteln und einen Unterschlupf zu finden, irgendein Loch, einen Kellereinstieg, ein leeres Fass, wo er die nächsten Stunden abwarten konnte. Zu seinem Glück hatte ein plötzlich aufkommender Nebel das Mondlicht verschleiert, setzte sich jetzt wie Milchsuppe in den Gassen ab.

Er hätte nicht sagen können, wie lange er schon umhergeirrt war, als ihm die Gasse, in die er nun einbog, bekannt erschien. Herr im Himmel – er war im Kreis gerannt! Er hielt kurz inne, um keuchend Atem zu schöpfen, als er am anderen Ende, dort, wo es zur Kirche ging, schemenhaft zwei Männer mit Fackeln heranschwanken sah. Der eine von ihnen schien ihm der schmächtige Mann zu sein, der mit dem Leichenzug das Haus verlassen hatte, und musste demnach der Vater des Verstorbenen sein.

Nun gut, die beiden würden ihn nicht aufhalten können,

betrunken wie sie wirkten, und zurück konnte er ohnehin nicht. Deutlich hörte er schon die wütenden Rufe seiner Verfolger hinter sich.

Er wollte eben zum Spurt ansetzen, als er aus der Sackgasse, über die er ins Haus eingebrochen war, eine leise Stimme hörte.

«Jakob?»

Das war doch dieses Mädchen. Hieß sie nicht Johanna? Das Gebrüll der Verfolger kam näher.

«Hierher, Jakob. Das Törchen.»

Richtig, das schmale Tor in der Hofmauer war einen Spaltbreit offen, und ein schwacher Lichtschein leuchtete ihm den Weg. Er rannte hinüber, die Tür ging auf und schloss sich hinter ihm wieder. Vor ihm stand die zierliche Gestalt des Mädchens, in Holzpantinen und einem nachlässig über die Schulter geworfenen Umhang, und hielt einen glimmenden Kienspan in der Hand. Das dunkle Haar kräuselte sich feucht um ihr schmales, zartes Gesicht. Dafür hielt sie jetzt ihr Kinn umso energischer vorgereckt.

«Los, komm mit. In den Schuppen», flüsterte sie.

«Verdammt», hörte man in diesem Moment von der anderen Seite der Mauer Lambrecht fluchen. «Der kann sich doch nicht in Luft aufgelöst haben.»

Er und das Mädchen blieben reglos stehen und hielten den Atem an.

«Dort vorne kommt mein lieber Mann.» Das war die jammernde Stimme der Hausherrin. «Vielleicht ist *er* ihm begegnet.»

«Der gute Gervasius ist sturzbetrunken, das siehst du doch. Geh ins Haus, ich such mit Hans und den andern weiter.»

Die Stimmen und Schritte entfernten sich.

«Komm jetzt.» Das Mädchen stieß Jakob in die Seite.

Eilig folgte er ihr über den Hof zu einer Schuppentür, die sich wegen des Schnees nur schwer öffnen ließ. Drinnen war fein säuberlich Brennholz gestapelt, daneben lehnte ein Sack mit Hühnerfutter an einer Strohschütte. Durch eine Bretterwand hörte man die Hühner gackern. Es war eng und kalt herinnen, aber wenigstens trocken.

«Da bist erst mal in Sicherheit. Das Holz hol nämlich immer ich. – Tut's noch weh?»

Sie deutete auf die blutverkrustete Schramme an seiner Stirn. Er schüttelte den Kopf.

«Warum tust du das für mich?»

«Eigentlich sollt ich dir gar nicht helfen.» Sie funkelte ihn aus ihren tiefgrünen Augen an. «Du hast nämlich das Zuckerzeug für den Weihnachtstag weggefressen, und darauf freuen sich die Kleinen seit Tagen.»

«Ich hatte halt Hunger. – Es tut mir alles so leid. Ich hab nicht gewusst, wie wenig ihr zum Leben habt … und … das mit deinem Bruder, Gott hab ihn selig … »

Er merkte, wie er zu stottern begann. Hatte er jemals in seinem Leben ein richtig schlechtes Gewissen gehabt, dann jetzt, in diesem Augenblick, angesichts dieses mutigen Mädchens.

«Einerlei.» Sie wandte sich zur Tür. «Jetzt halt den Mund, sonst verraten die Hühner dich. Ich rat dir, die Nacht über im Schuppen zu bleiben. Womöglich rennst noch dem Nachtwächter in die Arme.»

«Warte – du heißt Johanna, nicht wahr?»

«Ja.»

«Was ist, wenn morgen deine Mutter hierherkommt? Um die Hühner zu füttern oder so.»

«Keine Sorge. Die rührt in der Haushaltung keinen Finger.»

Ohne ein weiteres Wort ging sie hinaus und schob von draußen den Riegel vor. Jakob ließ sich aufs Stroh sinken. Er war in Sicherheit, wenngleich eingesperrt wie ein Vogel im Käfig. Und eisig war es hier auch. War er zuvor bei seiner ziellosen Flucht durch die Gassen noch ins Schwitzen gekommen, so kroch ihm jetzt die Kälte in alle Glieder. Sein feuchter, löchriger Umhang machte es noch schlimmer. Was hätte er nur um seine alte Wolldecke gegeben!

Er erhob sich wieder, zog sich den nassen Mantel von den Schultern und schlug sich die Arme um den Leib. Allmählich gewöhnten sich seine Augen an die Dunkelheit hier im Schuppen, und er entdeckte in der Ecke neben dem Holzstoß einen alten Getreidesack. Er schüttelte ihn aus, schlang ihn sich um den Körper und trat dicht an die Tür.

Durch den schmalen Spalt zwischen Tür und Rahmen konnte er hinaussehen in die milchig-neblige Nacht. Genau gegenüber, keine zehn Schritte durch den Hof, befand sich die Küchentür, neben der sich jetzt ein kleines Fensterchen halb öffnete und einen hellen Lichtschein in den schneebedeckten Hof ließ. Sie hatten also eingeheizt, würden jetzt beim lodernden Herdfeuer noch einmal alle zusammen am Küchentisch sitzen, um sich aufzuwärmen, bevor man schlafen ging. In Betten mit Daunenkissen und dicken Decken und vielleicht einem heißen Stein oder einer Bettflasche gegen die Winterkälte.

Auch wenn dieses Haus gewiss nicht mit Reichtümern gesegnet war, so beneidete er Johanna um ihre Familie und ihr warmes Heim. Er selbst hatte keine Familie, seine Eltern und Geschwister nannten sich Dickart, Brutteltasch, Dreißger und Welscher Geck, Holzbock, Hasenköttel, Beerenbeißer, Hering, Wespe, Klette oder wie auch immer. Und in einer warmen Küche oder behaglichen Stube hatte er schon seit Ewigkeiten nicht mehr gesessen. Sommers schliefen sie in Fässern oder Kisten auf den Gassen und Höfen der Neuburgvorstadt oder auch mal im Freien draußen vor der Stadt, winters fanden sie Aufnahme im Armenspital, wo man allerdings dreimal am Tag zum Kirchgang gezwungen wurde. Da zogen sie in milderen Nächten als Unterschlupf dann doch die Lugstühle in der Münstergasse vor, jene steinerne Gewölbelauben der Kaufleute, die nachts leer standen. Das kostete sie zwar einen kleinen Obolus, um nicht vom Nachtwächter oder Bettelvogt gleich wieder verjagt zu werden, aber dafür gab es nebenan, im «Laden» des Heiliggeistspitals, am nächsten Morgen einen Napf warmer Suppe für die Armen der Stadt.

Jakob hockte sich wieder auf die Strohschütte und kauerte sich zusammen. Mit ein bisschen Geschick würde er sich sogar hinlegen können, doch dazu fröstelte ihn zu sehr. So dämmerte er vor sich hin, immer mit Blick zur Tür, bis der Lichtschein, den er durch den Spalt sehen konnte, allmählich schwächer wurde und erlosch.

Er schrak zusammen, als plötzlich von draußen Schritte zu

hören waren, sprang auf, packte sich einen Holzprügel und stellte sich hinter die Tür.

Doch zu seiner großen Erleichterung war es Johanna. Und sie hatte tatsächlich seine Schultertasche mitgebracht.

«Hier, Jakob Grüninger», flüsterte sie. Er konnte das spöttische Grinsen in ihrem Gesicht erahnen.

«Der Name war wohl nicht so glücklich gewählt», sagte er lahm.

«Nein. Die Grüningers sind nämlich eine wohlhabende und altbekannte Buchdruckerfamilie. Wie bist du nur auf diesen dummen Namen gekommen?»

«Mit fiel nichts Bessres ein – das heißt, das kam mir so in den Sinn, als ich deine grünen Augen gesehen hab.» Er spürte, wie er verlegen wurde.

«Wie heißt du wirklich?»

«Ich heiße nur Jakob.» Um nichts in der Welt hätte er den Namen seines Vaters über die Lippen gebracht. «Und ich komm aus Freiburg», setzte er hinzu, während er seine Wolldecke aus der Tasche zog. Sein Werkzeug war noch drinnen, die drei Äpfel selbstredend nicht. Wohl aber das Stücklein Brot. Er sah sie fragend an.

«Das Brot kannst du behalten. Und hier hast noch einen Becher mit Wasser.»

Ihm fehlten die Worte. Dabei hätte er ihr in diesem Augenblick so vieles sagen wollen. Dass er nämlich überhaupt nicht verstand, warum sie ihm aus seiner misslichen Lage herausgeholfen hatte, ihm, einem wildfremden Kerl, der schon so manches auf dem Kerbholz hatte. Dass sie mit ihrer Gutherzigkeit womöglich selbst in Teufels Küche kommen würde. Und dass sie das hübscheste Mädchen war, das er jemals gesehen hatte.

«Danke – Johanna!», stammelte er stattdessen nur.

«Morgen früh lass ich dich wieder raus. Und jetzt schlaf.»

Johanna hatte in dieser Nacht nur schwer in den Schlaf gefunden. Was nicht allein daran lag, dass sich Jeckli neben ihr unruhig hin und her wälzte.

Eine einzige Frage drehte sich ihr im Kopf herum: Warum rettete sie einen völlig fremden Jungen, einen Dieb und Einbrecher obendrein, vor der gerechten Strafe? Warum war sie hinaus in die stockdunkle Nacht gerannt, um ihm das Törchen zu öffnen, in der irrigen Hoffnung, Jakob könne ausgerechnet in ihrem Gärtchen Zuflucht suchen? Etwa aus Trotz, um der Mutter eins auszuwischen? Zuvor am Küchentisch hatte Madlena Gutlinin wieder nichts Besseres zu tun gehabt, als dem Vater mit herzlosen Worten den Kopf zurechtzusetzen: dass er an einem solch schrecklichen Tag, nach der Beerdigung des eigenen Sohnes, nichts andres zu Wege gebracht habe, als sich zu betrinken. Und sie dann auch noch allein zu lassen mit diesem Einbrecher, diesem Malefizbuben. Dabei wusste sie doch genau, dass ihr Mann für Letzteres nun wahrlich nichts konnte. Und dass er normalerweise höchst selten dem Alkohol zusprach. Sich stattdessen krumm und bucklig arbeitete für die Familie, morgens der Erste war, der sich an die Arbeit machte und Nadel und Faden erst weglegte, wenn ihm abends vor Müdigkeit die Augen zufielen.

Ihre Mutter war ungerecht, ungerecht und dünkelhaft. Johanna konnte ihre ewigen Sticheleien nicht mehr hören: «Warum wohnen wir nicht wie die Schneiderfamilien Zech und Blümlein in der Judengasse, unter anständigen Nachbarn? Oder wenigstens in der Spießgasse oder Zimmerleutgasse?»

Mit *anständigen Nachbarn* meinte ihre Mutter natürlich Ratsherren und Amtsträger, reiche Patrizier und Junker. Vor einigen Tagen dann, als Christoph schon schwerkrank darniederlag, war Johanna über das Genörgel schließlich der Kragen geplatzt: «Kannst du sogar jetzt an nichts andres denken? Warum hast du dann als junge Frau nicht den Zunftmeister höchst selbst geheiratet?» Woraufhin sie sich von der Mutter eine saftige Maulschelle eingefangen hatte.

Nein, auf ihren Vater ließ Johanna nichts kommen. Außerdem hatte er es durchgesetzt, dass sie die Mädchenschule des Stadtpfeifers Hans Graber von Landsberg besuchen durfte, und das würde sie ihm nie vergessen. Drei Jahre lang war sie den weiten Weg bis in die Bruderhofgasse hinterm Münster gegangen, jeden Vormittag bei Wind und Wetter. Hatte dort mit Griffel und Schiefertafel das Schreiben, mit dem Rechenbrett das Rechnen gelernt. Trotz der Rutentatzen des gestrengen Schulmeisters hatte sie Freude am Unterricht gehabt, doch leider war ihrer Mutter jeder Pfennig Schulgeld für ein Mädchen zu schade. Und vergeudete Zeit, die zur Hausarbeit genutzt werden könne, sei es obendrein.

So hatte sie das vierte Jahr des Elementarunterrichts auch nicht mehr besuchen dürfen, und sie hatte ihren Bruder Christoph in Verdacht, hieran nicht ganz unschuldig zu sein. Der war zu jener Zeit schon Lehrknecht beim Vater gewesen und hatte begonnen, sich ihr gegenüber als Hausvater aufzuspielen und dem Vater in dessen Entscheidungen dreinzureden. Jedes Mal, wenn es wegen der Schule Zank mit ihrer Mutter gegeben hatte, hatte Christoph sich auf deren Seite geschlagen.

«Siehst du nicht, wie unglücklich Mutter über deine Lernerei ist?», hatte er ihr mehr als einmal vorgeworfen. «Alles im Haus bleibt liegen, unser Essen ist nicht gekocht, die Wäsche nicht gewaschen. Und das alles nur, weil du dir zu fein für den Haushalt bist, während die arme Mutter krank in ihrer Kammer liegt.» Dieser Vorwurf war mehr als ungerecht, weil sie sich nämlich für keinerlei Arbeiten zu schade war. Aber tatsächlich war es der Mutter gerade an den Vormittagen, wenn sie bei Hans Graber von Landsberg war, besonders schlecht gegangen.

Auch wenn es unchristlich sein mochte – aber insgeheim erfüllte es Johanna mit tiefer Genugtuung, dass sie heimlich einen Einbrecher im Schuppen beherbergte. Und irgendwann würde sie das ihrer Mutter brühwarm preisgeben.

Indessen, wenn sie ganz tief in sich hineinhorchte, war es das nicht allein. Vielmehr hatte sie schnell so etwas wie Mitleid für Jakob empfunden. Dieser fremde Junge mochte ein Streuner, vielleicht auch ein Gauner sein, aber ein kaltblütiger Verbrecher war er nicht. Sein offenes Gesicht, die Art, wie er sie angesehen hatte aus dem Versteck unter der Stiege, hatte irgendetwas in ihr berührt. Stolz und Mut hatte er ausgestrahlt, und seltsamerweise auch etwas Aufrichtiges – auch wenn sie ihm den Diebstahl des Weihnachtsgebäcks noch immer nicht verziehen hatte.

Am Ende war Johanna doch noch eingeschlafen, dafür aber lange vor dem Morgengrauen erwacht, verwirrt und mit leichten Kopfschmerzen. Im ersten Augenblick wusste sie nur, dass in ihrem Hause etwas geschehen war. Dann fiel es ihr schlagartig ein: Sie musste Jakob herauslassen, bevor ihr Vater auf den Beinen war.

Hastig kleidete sie sich an, darauf bedacht, nicht die Kleinen zu wecken. Auf nackten Sohlen schlich sie hinaus, vorbei an der Schlafkammer der Eltern. Von drinnen hörte sie, zu ihrem Glück, den Vater leise schnarchen. Was ihre Mutter betraf, so war eigentlich nichts zu befürchten. Sie war eine Langschläferin, darauf bedacht, erst aufzustehen, wenn in der Küche wohlig warm eingeheizt war. Heute allerdings wollte sie früh auf den Markt, um alles für das bescheidene Weihnachtsessen morgen einzukaufen – Leberwurst auf Weinkraut war vorgesehen, fast schon ein Arme-Leute-Essen. In besseren Zeiten hatte es zum Festtag falschen Rehbraten auf Erbsen und Maronen gegeben oder Karpfen in schwarzer Pfeffersoße. Und zum Nachtisch Gugelhupf … Wie dem auch sei, sie musste sich beeilen.

In der Küche klemmte sie sich den Korb für das Brennholz unter den Arm, schlüpfte in ihre Holzpantinen und trat in die Kälte hinaus. Noch immer lag der Hof in dichtem Nebel. Gut für Jakob, dachte sie. Ihr zweiter Gedanke war: Wahrscheinlich werde ich ihn danach nie mehr wiedersehen.

Ganz dunkel war es nicht mehr, als sie die Schuppentür aufstieß. Eng zusammengekrümmt und gänzlich unter seiner Decke verborgen lag Jakobs Gestalt auf der Strohschütte. Warum rührte er sich nicht? Ein Heidenschreck fuhr ihr in die Glieder. War er womöglich erfroren?

Sie ließ ihren Korb fallen und stürzte zu ihm. «Jakob, was ist mit dir?»

Als keine Antwort kam, zog sie ihm voller Angst die Decke vom Kopf. Sein verstrubbeltes helles Haar kam zum Vorschein – und ein grinsendes Gesicht!

«Du Lump! Mir einen solchen Schreck einzujagen!»

Jakob gähnte. «Ich hab ganz wunderbar geschlafen.»

«Los jetzt, steh auf. Meine Eltern sind gleich wach.»

Mit einem Satz war Jakob von seinem Lager aufgesprungen. Er stopfte seine Decke in die Tasche, fuhr sich mit den Fingern durchs Haar, griff nach seinem Mantel und stellte sich neben die Tür.

Dabei sah er sie herausfordernd an. «Sag mal – das mit der Schere … Wärst du damit wirklich auf mich losgegangen?»

«Wenn du mich angegriffen hättest, ganz bestimmt.» Sie drängte ihn zur Seite. «Lass mich vorausgehen.»

Drüben im Haus war noch alles still. Sie nahm ihn beim Arm, zog ihn zur Mauer hinüber und entriegelte das Törchen, um ihn hinauszuschieben. Die Gassen waren menschenleer. Doch statt fortzugehen, blieb Jakob wie angewurzelt stehen und starrte sie an.

«Ich hab heut Nacht von dir geträumt.»

«Du spinnst ja. Und jetzt verschwind, bevor sie dich erwischen.»

Jakob rührte sich noch immer nicht. «Glaub mir, ich werd nicht vergessen, was du für mich getan hast. Ehrlich nicht. Alsdann – gesegnete Weihnachten, dir und deiner Familie.»

Er sah sie mit einem so wehmütigen Blick an, dass ihr ganz anders wurde. Wie ein Hund, der von seinem Herrn verjagt wird, dachte sie.

«Dir auch, Jakob. Wo wirst du morgen das Christfest verbringen?»

«Ich weiß nicht. Ich hab ja niemanden.»

«Gehst du zurück nach Freiburg?», fragte sie nach einem Moment des Schweigens. Sie hatte keinerlei Ahnung, wie weit diese

Stadt von Straßburg entfernt war, nur, dass sie drüben im Katholischen, jenseits des Rheinstroms lag. Plötzlich wusste sie, dass sie Jakob mochte.

«Nein, zurück kann ich nicht», hörte sie ihn leise antworten. «Aber ich hab einen Bekannten hier in der Stadt.»

Unschlüssig trat er von einem Bein aufs andere.

«Vielleicht begegnen wir uns ja wieder – falls du mich dann überhaupt erkennen willst.»

«Ach Jakob, jetzt geh endlich.»

Sie zog das Törchen hinter ihm zu, um es dann doch noch einmal einen Spaltbreit zu öffnen: «Und gib auf dich acht, Jakob Grüninger.»

Jakob stand vor dem verschlossenen Tor wie der Ochs vorm Berg. Wie hatte er nur so töricht sein können und Johanna verraten, dass er von ihr geträumt hatte? So etwas tat man nicht als rechtes Mannsbild. Um sich nicht als Weichling dem Gespött der anderen Kerle auszusetzen, sollte man nämlich niemals zugeben, dass einem ein Mädchen gefiel. Außerdem war diese Johanna auch nicht anders als andere Mädchen, denen er schon begegnet war. Der Traum, in dem er mit ihr in einem Kahn flussabwärts getrieben war, ganz allein und dazu Arm in Arm, besagte ja gar nichts. Am besten würde er ihn gleich wieder vergessen und Johanna dazu.

Männerstimmen in der Ferne ließen ihn aufhorchen, und er beeilte sich, aus der Sackgasse zu kommen. Er beschloss, die Lange Straße in Richtung Münster hinaufzugehen. Wenn er es recht in Erinnerung hatte, wohnte Passpartutt im Griebengässlein, einer düsteren Gasse zum inneren Mauerring hin, gleich beim Jung-Sankt-Peter-Tor. Bevölkert war diese Ecke der Stadt mit Totengräbern und Kloakenkehrern, Griebenschindern und Abdeckern. Sogar vier Frauenhäuser gab es dort, wie Passpartutt damals breit grinsend erzählt hatte, mit feilen Dirnen, eine kecker und unanständiger als die andre. Fürwahr die richtige Wohngegend für einen Malefizkerl wie diesen Alten.

Unwillkürlich spuckte Jakob aus und verlangsamte seinen Schritt. So satt hatte er sein Leben, satt bis obenhin! Verächtlich dachte er daran, wie sie sich in Freiburg immer lauthals mit ihrer Freiheit gebrüstet hatten, aber was war das für eine Freiheit? Ihr Alltag war doch tagaus, tagein von nichts anderem bestimmt als von Raufen, Saufen, Fluchen und ihren großen und kleinen Freveltaten. An den Markttagen stürzten sie sich ins Gedränge, die einen, um zu stoßen, kneifen und zu zwicken, die andern, um den Gefoppten unbemerkt die Geldkatzen abzuschneiden. Oder sie verkauften heimlich, bevor der Marktaufseher sie erwischte, Tauben und Singvögel, die sie mit Netzen und Leimruten gefangen hatten, wenn sie sie in ihrer Gier nicht gleich selbst gebraten und verzehrt hatten. An schlechten Tagen lebten sie von hartem Brot und Haferschleim, von Wasser und geronnener Milch, an guten von geklautem Zuckerwerk und Marzipan, oder sie soffen, bis sie umfielen. Zum letzten Osterfest waren sie alle so betrunken zur

Messe ins Münster gewankt, dass sie reihenweise zwischen den Kirchgängern auf den Boden gekotzt hatten.

Krank werden durfte man nicht, sonst war es aus, wie damals bei dem erst acht- oder neunjährigen Erbsenzähler, der unter ihren Händen weggestorben war. Dazu kam die ständige Furcht, erwischt zu werden. Dann drohten Rutenschläge mit Stadtverweis oder Schlimmeres. Mitunter träumten sie auch davon, eines Tages den großen Bruch zu machen, in einem der reichen Patrizierhäuser an der Salzgasse, der Großen Gass oder neuerdings beim Münster. «Da könntest mal deine wahren Kletterkünste beweisen, Meerkatz», hatte der Capitan ihn dann herausgefordert, «und nicht immer nur das Maul groß aufreißen.» Zum Glück hatten sie bislang vor solcherlei Unternehmungen zurückgeschreckt, schließlich drohte hierauf ohne Gnade der Galgen.

Wenn er sich nun Passpartutt anschloss, der gewiss auch hier in Straßburg eine Bande von Jungen und Mädchen für sich arbeiten ließ, würde alles geradeso weitergehen. Doch was hatte er schon für eine Wahl? Seit vielen Jahren kannte er nichts anderes, er hatte nichts gelernt, hätte nicht gewusst, wohin. Und hatten ihm seine Mitgesellen nicht auch Halt gegeben, hatten sie sich nicht gegenseitig getröstet, wenn einer von ihnen traurig war? Ja, sie hatten auch viel Spaß miteinander gehabt, gelacht und wie die Kleinkinder herumgealbert, wenn mal wieder ein guter Streich gelungen war und sie sich zur Feier des Tages einen Besuch im Schwabsbad oder im Wirtshaus gegönnt hatten.

Jakob fuhr aus seinen Gedanken und stutzte. Er musste in die falsche Richtung gelaufen sein, denn er befand sich just wieder an jenem Tor, an dem er gestern Einlass in die innere Stadt gefunden hatte. Inzwischen war es hell geworden, und die Gassen hatten sich gefüllt. Bauern und Krämer brachten ihre Waren in die Stadt, von schweren Fuhrwerken immer wieder zur Seite gedrängt, Karrenbäcker und Wasserverkäufer machten mit lauten Rufen ihre Runde, Schweine und Kühe wurden mit Gebrüll zur Stadt hinausgetrieben oder ins nahe Schindhaus, von wo es gotterbärmlich nach Schlachtabfällen stank. Sie alle, Vieh wie Menschen, verwandelten die blütenweiße Schneedecke, die sich am Vorabend über die Straßen gelegt hatte, nach kürzester Zeit in gelbbraunen Matsch.

Jakob fragte einen der Stadthirten nach dem Weg zum Jung-Sankt-Peter-Tor.

«Ganz einfach: alleweil gradaus, an Pfalz und Kanzlei vorbei bis zum Pfennigturm. Da über den Gerberbach, dann siehst es schon.»

Er hatte also ein gutes Stück zu gehen, quer durch die ganze Stadt. Sein Weg führte ihn an größeren und kleineren Plätzen vorbei, wo zu dieser Stunde überall Verkaufstische aufgestellt und die Läden der feststehende Lauben geöffnet wurden, um vor dem morgigen Weihnachtsfest noch einmal alles Nötige und Unnötige aufzufahren und feilzubieten.

Ohne Eile schlenderte er an den Metzgerbänken vorüber. Jeder verkaufte hier etwas anderes, die einen nur Füße und Schwänze, andere Innereien oder Köpfe, die Nächsten saftige Bratenstücke. Weder das eine noch das andere hätte er sich leisten können, dabei hatte er schon seit ewigen Zeiten kein Fleisch mehr gegessen.

Vor der Pfalz, dem prächtigen Straßburger Rathaus, blieb er stehen. Hier befand sich der Fischmarkt mit Dutzenden von Ständen, die jetzt mit frischer Ware bestückt wurden, und hier befand sich auch, vor einem Bildnis des heiligen Christophorus, das Halseisen für solche wie ihn, die nach ertappter Missetat vor der gaffenden Meute an den Pranger gestellt wurden. Hätte er nicht solch unermessliches Glück gehabt, hätten ihn die Büttel vielleicht eben heute Morgen dort ins Eisen gestellt.

Unwillkürlich schüttelte er sich. Dann fiel sein Blick auf ein hageres Männlein, das Mühe hatte, die schweren Kisten von seiner Karre zu laden.

«Darf ich Euch helfen, guter Mann?» Schon hatte Jakob ihm eine Kiste aus den Händen genommen.

«Nur zu.» Der Fischhändler japste nach Luft. «Meinem Weib ist die Hex ins Kreuz gefahren, und das grad zu Weihnachten.»

Eine halbe Stunde später war die Karre leer und die silbrigen Fischleiber säuberlich ausgelegt. Der Händler kramte in seiner Geldkatze und drückte ihm einen Heller in die Hand. Wenig genug, doch nachdem Jakob noch zwei weiteren Marktbeschickern seine Hilfe beim Aufbau angeboten hatte, war er am Ende um fünf Heller reicher. Davon gönnte er sich einen heißen Speckfladen und ein Dünnbier dazu. Dass er sich die Mahlzeit mit seiner Hände Arbeit verdient hatte, verschaffte ihm ein ungewohntes Glücksgefühl.

Er stellte sich zu den Verkaufslauben, die sich unter die Außentreppe der Pfalz schmiegten, kaute genussvoll und mit Bedacht und betrachtete dabei das Markttreiben. Dienstboten mit großen Körben am Arm tauchten auf, Mütter mit Kindern an der Hand, die um Spielzeug und Süßigkeiten quengelten, und einmal glaubte er, Johanna und ihre Mutter zu entdecken. Sein Herz klopfte augenblicklich schneller. Doch als sich das Mädchen nach ihm umdrehte, blickte er in ein fremdes Gesicht.

Ach, es half alles nichts. Er musste es hinter sich bringen, wenn er die nächsten Tage nicht vom Bettel leben und in kalten, dreckigen Kellerlöchern nächtigen wollte. Widerwillig setzte er seinen Weg fort, in Richtung des himmelhohen Pfennigturms, neben dem Münster die zweite Wegmarke dieser Stadt. Hinter der klotzigen Kirche Jung Sankt Peter wurden die Gassen enger und düsterer, Unrat und Mist vermischten sich mit dem zertrampelten Schnee zu einer schlammigen Masse, die an den Schuhen klebte.

Vor einem schiefen Holzhaus, auf dessen Türsturz mit abgeblätterter roter Farbe eine Eule aufgemalt war, blieb Jakob stehen. Hierher hatten sie Passpartutt vorletzten Sommer begleitet, zu einer alten Kupplerin, die angeblich seine Schwester war.

Mit der Faust klopfte Jakob gegen das Holz, zunächst zaghaft, dann immer kräftiger und hoffte doch aus tiefster Seele, dass ihm niemand öffnen möge.

«Ich bin euch ein schlechter Hausvater. Weder vermag ich unser Brot zu verdienen noch das Haus vor Verbrechern zu schützen. Stattdessen sauf ich mir beim Leichenmahl meines Sohnes den Kopf voll.»

Mit hängenden Schultern löffelte Gervasius Gutlin seinen Brei. Er war eben erst aus dem Bett gestiegen, die rot geränderten Augen blinzelten müde vor sich hin, die Haare standen in alle Richtungen.

«Was redest du da, Vater?» Johanna legte ihm die Hand auf den Arm. «Wer hätte schon ahnen können, dass hier jemand einbricht, solange wir fort sind. Außerdem – in der Zunftstube wird immer gut getrunken, und du verträgst halt nicht viel.»

Bekümmert schüttelte er den Kopf. «Es ist ein Teufelskreis. Jetzt, wo Christoph tot ist, steh ich wieder da wie zuvor. Ein eigener Geselle wird mir von der Zunft nicht genehmigt, weil mein Umsatz einfach zu gering ist. Aber sie haben ja recht: Ich könnt ihn nie und nimmer bezahlen.»

Er stieß einen Seufzer aus.

«Da drüben», er deutete durch die zur Stube offene Küchentür, «liegt der Stoff für Ratsherr Vogelsang. In einer Woche will er seinen Hausmantel abholen kommen. Das schaff ich niemals allein.»

«Hast du denn die Zunft nicht um Aushilfe gebeten?»

Da er schwieg, wusste Johanna die Antwort. Ihr Vater war also wieder einmal zu stolz gewesen. Die Zunft nämlich hatte dafür zu sorgen, dass jeder ihrer Genossen seinen Unterhalt fand und nicht ins Elend fiel. So war auch Christophs Beerdigung aus der Bruderschaftskasse bezahlt worden, und in Notfällen wie dem ihren wurde ein Geselle gestellt, der dabei half, einen Auftrag zu Ende zu führen. Hierfür allerdings musste ein Antrag gestellt werden, und ihr Vater hatte dies ganz offensichtlich nicht getan.

«Ist es wegen Mutter?» Sie konnte offen reden, da ihre Mutter mit den Kleinen zum Einkaufen gegangen war. «Weil sie wieder schelten würde, wenn du fremde Hilfe annimmst?»

«Ach, Johanna, du kennst sie doch.»

Sie verkniff sich die Bemerkung, dass ihre Mutter in der Werkstatt ruhig selbst Hand mit anlegen könnte, wie es bei Meistersfrauen gemeinhin üblich war. Allein damit wäre dem Vater und ihnen allen schon geholfen. Aber nein – lieber pflegte die Mutter mit Hingabe ihre häufigen Anfälle von Unpässlichkeit, indem sie sich in ihre abgedunkelte Schlafkammer zurückzog. Dass sie aus diesem Grunde auch in der Haushaltung nicht gerade rührig war, kam Johanna allerdings zugute: So musste sie sich nicht, obwohl sie schon vierzehn Jahre zählte, als Magd in fremden Häusern verdingen. Konnte deshalb zwar, wie andere Mädchen ihres Alters, kein Geld für eine Mitgift ansparen, doch daran mochte Johanna ohnehin nicht denken. Viel wichtiger war ihr, den Vater und die Geschwister nicht alleinzulassen.

Sie wusste genau, wie unentbehrlich sie der Mutter geworden war und dass der häusliche Alltag ohne ihre Mitarbeit hoffnungslos aus den Fugen geraten würde. Alles, was nicht den Einkauf oder Geldangelegenheiten betraf, war nämlich ihr überlassen. Sie kochte, buk und putzte nicht nur, sondern kümmerte sich auch um die Wäsche und die Hühner und das Feuer, vermochte zu pökeln und zu räuchern, zu dörren und einzukochen, um die Vorräte haltbar zu machen. Das alles hatte sie mitnichten die Mutter gelehrt, sondern eine alte Nachbarin damals in der Schlauchgasse.

«Du musst dir einen Lehrknecht suchen», schlug sie vor. «Der bringt dir Lehrgeld. Zumindest in den ersten zwei Jahren.»

«Und wo soll ich den auf die Schnelle hernehmen? Du weißt selbst, dass Lehrknechte in der Regel zu Martini eingestellt werden. Alle, die was taugen, sind jetzt untergekommen.»

«Dann lass *mich* bei dir arbeiten! Die Zunft braucht ja nichts davon wissen.»

«Ach, mein Kind. Ich weiß doch, wie fleißig du bist, aber sei mir nicht bös: Für die Arbeit mit Schere, Nadel und Faden bist du so begabt wie der Esel fürs Singen. Stattdessen wärest du die geborene Kaufmannsfrau, so klug, wie du dich im Rechnen und

Schreiben anstellst. Außerdem müssten wir eine Magd einstellen, wenn du mir in der Werkstatt helfen würdest.»

Er erhob sich und gab ihr einen Kuss auf die Stirn.

«Dann werd ich mich mal an die Arbeit machen. Spät genug ist es, wenn ich noch bis zur Christvesper ein bisschen was fertigbringen will. Ach herrje, beinah hätt ich es vergessen: Ich muss ja noch für Vogelsangs Mantel die Brokatborte abholen. Die sollte mit der heutigen Schiffsladung ankommen. Zum Glück ist sie schon bezahlt. Möchtest du mich nicht begleiten?»

«Lieber nicht. Du weißt ja, wie ungehalten Mutter wird, wenn ich meine Zeit in der Stadt vertrödle, wie sie es nennt.»

Dabei gab es kaum noch etwas für sie zu tun. Früher hingegen hatten sie vor Weihnachten Stunden und Tage damit zugebracht zu backen und zu kochen, zu buttern und zu schlachten, waren ausgiebig über die Märkte geschlendert, hatten das Haus geputzt, bis nirgendwo mehr ein Stäubchen zu finden war, und am Ende ihre Handarbeiten und Vaters Schneiderarbeiten weggeräumt, um das Fest in Muße verbringen zu können.

Ihr Vater nickte bekümmert. «Dann geh ich jetzt los. – Sag mal, hatte ich das geträumt, oder hab ich da im Morgengrauen eine fremde Männerstimme im Hof gehört?»

Johanna war zusammengezuckt. «Das muss aus der Sackgasse gekommen sein.»

Voller Sorge sah er sie an. «Wenn ich mir vorstelle, was da alles hätte geschehen können! Du und die Kleinen allein mit diesem Verbrecher! Ich – ich wär meines Lebens nicht mehr froh geworden.»

Fast war Johanna erleichtert, den Vater beruhigen zu können. «Es war nicht so schlimm, wie du dir denkst. Das war nicht irgendein gewalttätiger Kerl, sondern ein Junge, höchstens so alt wie Christoph. Und er hat nicht mal was gestohlen.» – Bis auf unsere Weihnachtskringel, dachte sie grimmig.

«Trotzdem. Schlimm genug, dass der Bursche jetzt wieder auf freiem Fuß ist. Ich werd einen Schlosser bestellen müssen und ein eisernes Schloss an der Hintertür anbringen lassen, koste es, was es wolle.»

He, steh nicht im Weg rum und halt Maulaffen feil.»

Ein Kerl in Hemdsärmeln und langem Lederschurz versetzte ihm einen Stoß in den Rücken, und Jakob verließ eilends den Drehbereich des riesigen Holzkrans. Die Breusch und wohl auch der Rhein waren noch eisfrei, und so war hier an der Anlegestelle beim Kaufhaus viel los an diesem Mittag vor der Heiligen Nacht. Ein Dutzend Lastkähne, mit dem flachen Heck voran, reihten sich nebeneinander zum Entladen gegen die Kaimauer, und draußen auf dem Wasser warteten weitere mit Fässern und Kisten bestückte Boote, bis sie an der Reihe waren.

Suchend sah sich Jakob unter den Bootsknechten und Lastenträgern um, die unter dem strengen Blick der Schiffseigner ihr hartes Tagwerk verrichteten. Von Passpartutt war weit und breit nichts zu sehen. Es hätte Jakob auch gewundert, ihn hier bei der

Arbeit zu finden – eher schon in einer der zahlreichen Wirtschaften und Spelunken, die es am Hafen gab.

Nachdem ihm im Haus zur Eule eine zottelige Alte die Tür geöffnet hatte, hatte die ihm in barschem Tonfall mitgeteilt, dass Passpartutt sich wahrscheinlich wie immer beim Bubeneck drunten am Hafen herumtreibe. Mehr auch nicht, denn dann war die Tür vor seiner Nase auch schon wieder zugeflogen.

Sein Blick wanderte die Fassade des langgestreckten Kaufhauses entlang, einem wahrlich beeindruckenden, mehrstöckigen Bau mit bunten Fähnchen auf den Treppengiebeln. Hier landeten die in die Stadt eingeführten Waren wie Wein, Fleisch und Salz, mussten gewogen und verzollt werden, bevor sie verkauft oder weitertransportiert wurden. Derweil warteten Maultierkarren und schwere Fuhrwerke vor dem bewachten Haupteingang, ein Stück weiter zur Schindbrücke hin sammelten sich einfache Leute, wohl auf der Suche nach Arbeit oder einem heimlichen Geschäft anderer Art. Es fanden sich nämlich auch allerlei abgerissene Gestalten darunter, Gesindel, dem selbst Jakob keinen Deut über den Weg getraut hätte. Nicht wenige waren bereits sturzbetrunken.

Das musste das Bubeneck sein, von dem das alte Weib gesprochen hatte. Langsam, mit angespannten Muskeln, näherte sich Jakob der Menge. Da hatte er Passpartutt auch schon entdeckt, unverkennbar mit seiner Halbglatze und dem Kranz strähniger weißgrauer Haare, die ihm bis auf die krummgewachsenen Schultern fielen. Er wirkte ungewaschen wie immer, dafür trug er einen nagelneuen, pelzbesetzten Mantel. Mit seiner hohen, durchdringenden Stimme giftete er gerade einen jungen Burschen an, zerrte an dessen Geldgürtel, ein anderer mischte sich ein, Fluch- und Schmähworte flogen hin und her. Allem Anschein nach würde hier gleich eine handfeste Rauferei ausbrechen, und Jakob verbarg sich rasch hinter einem abgestellten Wagen. Nein, er wollte Passpartutt nicht begegnen. Alles in ihm sträubte sich plötzlich, diesem Spitzbub zu Diensten zu stehen. Gab es nicht noch etwas anderes im Leben als Hehlen und Stehlen?

In diesem Augenblick näherte sich eine schmächtige Gestalt, die ihm seltsam bekannt vorkam. Der Schritt des Mannes wirkte müde, jetzt blieb er stehen, um Luft zu holen. Jakob ballte die Fäuste zusammen, als ausgerechnet Passpartutt mit schiefem Lächeln auf den Mann zuhumpelte. Die beiden standen nur eine Pferdelänge von seinem Versteck entfernt.

«Seid Ihr nicht Meister Gutlin, der Schneider aus der Leimengasse, dem letzten Sommer das Haus überm Kopf abgebrannt ist?»

Johannas Vater! Was hatte der mit dem alten Gauner zu schaffen? Unwillkürlich suchte Jakobs Blick die Menschenmenge ab, doch Johanna war nirgends zu entdecken.

Der Schneidermeister wirkte überrascht. «Kennen wir uns?»

«Clewi Baldauf, meines Zeichens Krämer.» Mit gespielter Herzlichkeit schüttelte Passpartutt ihm die Hand. «Ich hab Euch damals geholfen, Eure Habseligkeiten aus den Trümmern zu räumen, und konnte noch einiges davon verkaufen. Wisst Ihr nicht mehr?»

Clewi Baldauf – Jakob hatte längst vergessen, dass dies Passpartutts richtiger Name war. Dass er zur Stelle war, wenn irgendwo irgendwer ins Unglück stürzte, sah ihm ähnlich. Wahrscheinlich hatte er mit seinem Handel Gutlin gehörig übers Ohr gehauen.

«Baldauf, der Krämer – jetzt erinnere ich mich.» Erfreut schien Gutlin nicht über diese Begegnung.

«Und wie ist es Euch mittlerweile so ergangen? Seid Ihr mit Eurer Werkstatt wieder auf die Beine gekommen?»

«Ich will nicht klagen.»

Passpartutt lachte keckernd. «Nun ja, die beste Gegend ist die Leimengasse nicht gerade. Ich könnt mir denken, dass sich das misslich auf die Kundschaft auswirkt. Ja, ja, mitunter trifft einen das Schicksal schon hart. Dazu noch gänzlich unverschuldet.»

«Danke für Euer Mitgefühl, aber ich muss weiter ins Kaufhaus.»

«Nein, wartet, Meister.» Passpartutt beugte sich vertrauensselig zu dem kleinen Mann herunter. «Ich weiß doch selbst, wie knapp einem das Silber wird in einer solchen Lage, und möcht Euch daher ein gutes Angebot machen. Ein überaus günstiges, weil Ihr es seid und Ihr mich dauert. – Ich hätt da grad Scheren und Schneidemesser aus bestem Damaszener Stahl, damit geht Euch die Arbeit noch mal so schnell von der Hand.»

Der Schneider machte eine abwehrende Handbewegung.

«Dafür hab ich in diesen Zeiten keinen Pfennig übrig. Nicht jetzt, wo ...» Er stockte und verzog schmerzvoll das Gesicht.

«Nicht doch, nicht doch», Passpartutt grinste liebedienerisch, «Ihr braucht nicht sofort zu bezahlen. Ich würd es Euch monats-

weise stunden. Überlegt's Euch also gut, ein solches Angebot gibt's nicht alle Tage. Und als Meister vom Fach wisst Ihr schließlich um den Wert guten Werkzeuges.»

«Nun ja ...» Der Schneider schien mit sich zu kämpfen.

«Gebt Euch einen Ruck und kommt mit mir. Ich hab die Ware gleich hier drüben, im Wirtshaus Zur Blume. Anschauen kostet schließlich nix.»

Da hielt es Jakob nicht länger in seinem Schlupfwinkel. Mit zwei Schritten war er bei Meister Gutlin und flüsterte ihm ins Ohr: «Lasst es! Der Kerl ist ein Gauner, das Zeug ist alles Hehlerware. Ihr kämt in Teufels Küche mit dem Kauf.»

«Potzhundergift – der kleine Meerkatz!»

Passpartutts narbiges Gesicht lief rot an vor Zorn. Noch ehe Jakob Luft holen konnte, hatte er ihn am Kragen gepackt und von Gutlin weggezerrt.

«Was hast du dem Meister grad ins Ohr geflüstert?»

«Dass man mit dir keine Geschäfte machen darf», stieß Jakob trotzig hervor. Dabei gelang es ihm, den Alten abzuschütteln.

Passpartutt kniff die Augen zusammen.

«Dass dir die Pestilenz ankomm!», fauchte er, holte aus und schnellte ihm die Faust ins Gesicht.

Jakob wurde schwarz vor Augen.

«Geh zum Teufel und komm mir nicht mehr unter die Augen», hörte er den Alten noch keifen, bevor er taumelnd zu Boden ging.

Als der erste Schmerz vorüber war, sah er mit verschwommenem Blick, wie Passpartutt sich lauthals schimpfend durch eine Gasse gaffender Menschen schob und schließlich im gegenüberliegenden Wirtshaus verschwand. Jakob richtete vorsichtig den Oberkörper auf und rieb sich das Kinn. Auf seiner Zunge klebte ein süßlicher Geschmack. Dieser Hundsfott! Damit hätte er rechnen müssen, hätte schneller sein müssen als dieser halblahme Mistkerl. Sich vor allen Leuten von einem wie Passpartutt niederschlagen zu lassen …

Voller Scham versuchte er, wieder auf die Beine zu kommen.

«Langsam, mein Junge – ich helf dir.»

Meister Gutlin streckte ihm die Hand entgegen. Mit einem unterdrückten Stöhnen zog sich Jakob daran aus dem Dreck. Ärgerlich spuckte er einen Schwall Blut aus. Zum Glück waren die Zähne heil geblieben.

«Du blutest am Kinn, warte.» Der gute Mann wollte ihm doch tatsächlich mit einem Tuch das Blut aus dem Gesicht wischen. Jakob wandte sich zur Seite.

«Nein, lasst nur.» Er wischte sich mit dem Ärmel sauber. «Es geht schon wieder.»

«Hier, deine Tasche. Die wollte einer schon mit sich nehmen, als du am Boden lagst.»

«Danke, Meister.»

Er nahm die Tasche entgegen. Wenn der Schneider wüsste, dass sich darin sein Einbruchswerkzeug befand.

«Ich hab dir zu danken. Beinahe wär ich diesem Burschen auf den Leim gegangen. Aber jetzt hab ich sein wahres Gesicht erkannt. Gut, dass du mich gewarnt hast, mein Junge.»

Gutlin nestelte an seiner Geldkatze, doch Jakob kam ihm zuvor.

«Bitte nicht. Ich hab mir selbst einen Gefallen getan damit.» Mit einem kurzen Gruß verdrückte er sich eilends in der Menschenmenge.

Ja, er fühlte sich jetzt tatsächlich frei. Frei von der Last, sich diesem Erzhalunken Passpartutt anzudienen. Das Schicksal selbst hatte für ihn entschieden. Und das ausgerechnet in Gestalt jenes Mannes, in dessen Haus er eingebrochen war und dessen Kinder er bestohlen hatte.

Entschlossen reihte er sich in die Schlange der vor dem Kaufhaus Wartenden ein.

«Steht ihr hier um Arbeit an?», fragte er den jungen Burschen vor sich, nachdem er ihm gegen die Schulter getippt hatte. Der starrte auf Jakobs blutendes Kinn und nickte dann wortlos.

Gut zwanzig, dreißig Männer hatten sich hier versammelt, und nur quälend langsam ging es voran, wenn wieder einer in dem schmalen Seiteneingang des Zoll- und Kaufhauses verschwunden war. Nach einer guten Stunde fiel die Tür krachend ins Schloss, und ein Kaufhausdiener schob ein schweres Eisengitter vor.

«Das war's für heut!», rief er. «Geht nach Hause, Männer. Frohe Weihnachten!»

Murrend zerstreute sich die Menge, nur Jakob blieb unschlüssig stehen. Die Mittagszeit war lange vorüber, das Tageslicht wurde schon fahl, und sein Magen begann zu knurren. Im Wirtshaus zum Spanbett, vor dem er sich befand, brauchte er erst gar nicht nach einem Essen zu fragen, so vornehm wirkte es. Wahrscheinlich würde sein sauer verdientes Geld hier nicht einmal für eine Hafergrütze ausreichen, wenn man ihn denn, verdreckt und verschrammt, wie er aussah, überhaupt hereinließe. Schräg gegenüber fand sich eine einfache Schenke für seinesgleichen, doch genau dorthin hatte er vorhin Passpartutt verschwinden sehen.

So machte er sich, nachdem er sich mit einer Handvoll sauberen Schnees über das Gesicht gefahren war, auf die Suche nach einem Fladenbäcker, der seine Läden noch geöffnet hatte. Gleich beim Torhaus zur Schindbrücke wurde er fündig, bekam von der freundlichen Bäckersfrau obendrein einen Becher Wasser um Gottes Lohn dazu.

Vor ihm auf der Marktstraße packten die Leute gerade zusammen. Sie lachten und scherzten miteinander, freuten sich auf das bevorstehende Weihnachtsfest, das man gemeinsam mit der Familie, den Zunftgenossen oder in der Gesellenbruderschaft verbringen würde. Ihm fiel ein, wie er vor langen, langen Zeiten einmal, an der Hand seines Großvaters, zum Heiligen Abend die Mitternachtsmesse im Freiburger Münster besucht und dort mit großen Augen das Paradiesspiel bestaunt hatte. Dachte daran zurück, wie unsäglich er sich gefürchtet hatte vor dem schwarz bemalten Teufel, der Eva unter dem Paradiesbaum – einem giftgrün eingefärbten Holzgestell – zum Sündenfall verführt hatte, und wie sein Großvater ihn schützend in die Arme geschlossen hatte. Das war in der kurzen Zeit seines Lebens gewesen, als auch er so etwas wie eine Familie gehabt hatte. Wie lange schon hatte er nicht mehr daran zurückgedacht!

Vergebens kämpfte er gegen das Gefühl von Einsamkeit an, als ihm wieder Johanna und ihre Geschwister in den Sinn kamen. Und dann fasste er einen Entschluss: Er würde wiedergutmachen, was er angerichtet hatte, ihnen zurückgeben, was er genommen hatte.

«Wartet!» Er rannte zu dem Stand eines Zuckerbäckers, der seine Kisten zusammenräumte, und kramte seine letzte Münze hervor.

«Ich kauf Euch Euer restliches Gebäck ab.»

Die Augen des Mannes leuchteten. «Auch recht.»

Jakob wusste genau, dass ein ganzer Heller für die paar Handvoll Zucker- und Mandelkringel zu viel war, doch war ihm das in diesem Moment einerlei. Dafür bekam er von dem Mann noch ein paar Walnüsse dazu und alles zusammen in einen Stoffbeutel gepackt. Was für ein schönes Geschenk er den Kindern jetzt machen konnte – er würde es auf Gutlins Türschwelle legen, anklopfen und sich dann rasch in der Toreinfahrt gegenüber verstecken.

«Gesegnete Weihnacht, junger Mann.» Der Zuckerbäcker reichte ihm den Beutel.

«Euch auch gesegnete Weihnacht.»

Plötzlich begannen in der ganzen Stadt die Kirchenglocken zu läuten, obwohl noch längst nicht Nacht war.

«Was hat das zu bedeuten?»

Der Mann lachte. «Dachte mir gleich, dass du nicht von hier bist. Kommst wohl aus dem Katholischen? Die Glocken rufen zur Christvesper, die bald überall beginnt.»

Jakob hatte davon gehört, dass die Bürger Straßburgs allesamt der neuen Lehre anhingen, Wortgottesdienste statt Heilige Messen besuchten und dem Evangelium in deutscher Sprache lauschten. Auch dass die hiesigen Klöster aufgelöst waren und die Priester heiraten durften. Seine Heimatstadt Freiburg hingegen war nach wie vor streng altgläubig, und er selbst hätte nicht sagen können, was er für besser befand. Für ihn war die Kirche ohnehin nur noch ein Ort, um sich mit anderen zu treffen und an Hochfesten ein Almosen zu erbetteln. Oder sich am Lichterglanz der zahllosen Kerzen zu erfreuen. Ansonsten hielt er sich an persönliche Gebete mit dem Herrgott, im Stillen und für sich allein. Hatte der heilige Hieronymus nicht gesagt, man könne Gott von jedem Punkt der Welt aus anrufen?

Hastig verstaute er den Beutel in seiner Tasche. Er hatte keine Zeit zu verlieren, wenn er die Schneidersfamilie noch vor ihrem Kirchgang überraschen wollte. Im Laufschritt eilte er durch die Stadt, ohne zu bemerken, dass es wieder zu schneien begonnen hatte. Auf Anhieb fand er die kleine Gasse, und doch kam er zu spät.

Gerade als er um die Ecke bog, öffnete sich die Haustür. Als Erstes stürmten die beiden Kinder heraus, mit lauten Freudenrufen darüber, dass es wieder schneite. Ihnen folgte die zierliche Gestalt von Johanna, die sich die Kapuze ihres Umhangs über das dunkle Haar zog und verstohlen umherblickte, als suche sie jemanden.

Jakob vermochte sich eben noch in die Toreinfahrt zurückzuziehen, bevor sie ihn entdecken konnte. Sein Herz schlug schneller. Keine fünf Schritte von ihm entfernt stand sie, und er musste feststellen, dass sie noch hübscher aussah, als er sie in Erinnerung hatte. Schließlich traten die Eltern auf die Straße. Der Meister schloss die Tür ab, dann nahm er seine Frau, die ihn um einen halben Kopf überragte, bei der Hand, und alle zusammen machten sie sich auf den Weg.

Wieder durchflutete Jakob ein Gefühl von Traurigkeit. An einem Abend wie diesem sollte niemand allein sein. Wie gern hätte er sich unsichtbar gemacht, um ihnen in die Kirche zu folgen. Auch wenn das Schicksal Johanna und ihre Familie hart getroffen hatte, auch wenn sie gleich beim Gottesdienst alle zusammen weinen würden über den Tod des Bruders und des Sohnes – immerhin war man eine Familie und hielt zusammen, gab sich gegenseitig Trost und Rat.

Ganz tief im Herzen hatte Jakob sich eine Ahnung, was Familie bedeuten konnte, bewahrt – auch wenn jenes Gefühl allein mit seinem Großvater zu tun hatte. Wieder hatte er das Bild dieses Mannes vor Augen, eines hochgewachsenen, dünnen Alten mit schlohweißem Haar und Bart, der ihn als Knaben auf die Knie genommen und Geschichten erzählt hatte. Oder ihm heimlich einen Zipfel Wurst zusteckte, ohne dass es die Mutter oder der ältere Bruder merkten. Sein Großvater war es auch gewesen, der ihn aus dem Findelhaus zurückgeholt hatte, wohin ihn seine Eltern, arme Taglöhner, aus der Not heraus gleich nach der Taufe gesteckt hatten. Oder aus Gleichgültigkeit, wer wusste das schon?

Zu jener Zeit hatten sie alle zusammen in einem winzigen, armseligen Häuschen in der Freiburger Schneckenvorstadt gewohnt, gleich beim Tor zum Dreisamfluss hinaus. Kein Jahr nach seiner Heimkehr ins Elternhaus indessen war der Großvater, der noch bis zu seinem Ende als Bäckerknecht gearbeitet hatte, über Nacht gestorben. Jakob war damals wohl sechs oder sieben Jahre alt gewesen, und das Elend begann erneut. Der Vater soff von früh bis spät und verprügelte ihn, der Bruder tat es ihm nach, bis Jakob sich schließlich nur noch auf der Straße herumtrieb. Dort war er dann auf Brutteltasch, Dickart und all die andern getroffen und hatte sich ihnen angeschlossen.

Die erste Nacht außer Haus würde er nie vergessen: Sie hatten ihr Lager in einem Schuppen hinter der Münsterbauhütte aufgeschlagen, und obwohl es ein warmer Frühlingstag gewesen war, hatte er jämmerlich gefroren und sich von aller Welt verlassen gefühlt. Da hatte Brutteltasch ihn in seine Arme gezogen und gewärmt und getröstet, bis er sich schließlich in den Schlaf geweint hatte.

Weder sein Vater noch seine Mutter hatten jemals den Versuch unternommen, ihn zurückzuholen. Dafür hatte sein Bruder die einzige Gelegenheit, ihn noch einmal zu verdreschen, teuer bezahlt. Seine treuen Kumpane hatten ihm nämlich vor dem Wirtshaus Zum Storchen aufgelauert und windelweich geschlagen.

Jakob schüttelte den Kopf. Nein, er wollte nicht mehr an die Vergangenheit denken. Er hatte Freiburg hinter sich gelassen und damit auch sein altes Leben.

Inzwischen hatten sich die Bewohner der Nachbarhäuser ebenfalls auf den Weg zur Kirche gemacht, und bald schon war die Gasse still und verlassen. Jakob zögerte. Sollte er warten, bis die Christvesper vorüber war? Er hatte keine Vorstellung, wie lange eine solche Feier zu Heilig Abend bei den Reformierten dauerte. Ihm war kalt vom langen Stehen, und außerdem würde es bald dunkel werden. Er könnte natürlich versuchen, erneut ins

Haus einzudringen und seine Gabe mitten in die Stube legen. Um dann schnellstmöglich und unbemerkt wieder zu verschwinden.

Unsicher betrat er die Sackgasse. Jemand hatte die Steine und Holzbalken, über die er am Vortag in den Hof gelangt war, von der Mauer weggeräumt, und es lag alles wieder bei dem anderen Gerümpel am Ende des Weges. Nur von dem Tannengrün hatte sich jemand ein Zweiglein weggeschnitten.

Da schoss ihm ein wagemutiger Gedanke durch den Kopf. Ja, er würde sein Geschenk ins Haus bringen. Und noch etwas ungleich Schöneres dazu.

Die Straßen der Stadt füllten sich allmählich mit Kirchgängern. Johannas Mutter hatte durchgesetzt, dass sie zumindest in der Heiligen Nacht den Gottesdienst im Münster besuchten anstatt in der Pfarrkirche ihres Viertels.

«Wenn schon keine heilige Messe, dann will ich wenigstens Unser Liebe Frau besuchen», waren ihre Worte gewesen, und ihr Vater hatte nur allzu gerne zugestimmt. Johanna wusste, dass er alles getan hätte, um seine Frau an diesem Tag milde zu stimmen. Nur die beiden Kleinen hatten gemurrt, weil der Weg zum Münster um einiges weiter war als nach Alt Sankt Peter.

Dass es wieder zu schneien begonnen hatte, hatte ihr Gequengel indessen schlagartig beendet. Jetzt tanzten sie um Johanna herum, den Kopf im Nacken, um mit offenen Mündern die dicken Flocken zu erhaschen. Johanna musste lachen, so komisch sah das aus. Zugleich erntete sie einen bitterbösen Blick ihrer Mutter. Wie konnte man am Tag nach Christophs Beerdigung nur lachen, schien er ihr sagen zu wollen.

Je näher sie dem altehrwürdigen Gotteshaus kamen, desto mehr Menschen drängten sich durch die Gassen. Am Brunnen vor der Münze begegneten sie dem Zunftmeister der Schneider.

«Auch auf dem Weg ins Münster?» Melchior Blümlein legte ihrem Vater die Hand auf die Schulter. «Die Christvesper wird Euch sicher Trost spenden in diesen schweren Tagen. Baut nur vertrauensvoll auf Gott – und auf die Unterstützung unserer Zunft.»

«Habt Ihr dann auch einen Lehrknecht für uns parat?», entfuhr es ihrem Vater reichlich unwillig.

«Lasst uns morgen darüber sprechen. Ihr kommt doch alle zur Weihnachtsfeier in die Zunftstube?»

«Aber gewiss», beeilte sich die Mutter zu sagen, dann war der Zunftmeister auch schon weitergegangen, um an der Seite des stadtbekannten Goldschmieds Erasmus Krug seinen Weg fortzusetzen.

Vor dem Münsterportal, das noch verschlossen war, sammelten sich unter Glockengeläut die Menschen. Unwillkürlich suchte Johannas Blick die Menge ab. Dann schalt sie sich eine Närrin. Als ob Jakob hier in Straßburg eine Christvesper besuchen würde! Er war aus Freiburg, das hatte sie sich gemerkt, und dort hielt man streng am alten Glauben fest. Innerlich musste sie lächeln – da hatte er doch tatsächlich etwas mit ihrer Mutter gemeinsam.

Auch deren Augen schweiften umher, und dabei blühte sie sichtlich auf. Lauter wahrhaft wichtige Persönlichkeiten fanden sich unter den Kirchgängern, und nicht zuletzt deshalb hatte sich Madlena Gutlinin feierlich herausgeputzt. Neben den Ratsherren mit ihren Familien traf man hier auf die reichen Kaufherren Messinger und Gottesheim, dort auf Ammeister Geyger, auf den namhaften Buchdrucker Johannes Schott und auf Jorg Frank, den reichsten Gewandschneider der Stadt. Sogar der große Reformator Jakob Sturm von Sturmeck und der im ganzen Abendland berühmte Maler und Kupferstecher Hans Baldung, genannt Grien, mischten sich unter die Menge.

Und Madlena Gutlinin grüßte sie alle, mit gestrafften Schultern und erhobenen Hauptes. Es schien sie nicht zu stören, dass nur einige wenige sie zurückgrüßten, nämlich die, die sie näher kannten und um ihr Schicksal wussten, und Johanna war das alles mehr als peinlich. Doch dann, ganz plötzlich, tat ihr die Mutter leid. Wie viel Glück, wie viel Freude entging dieser Frau in ihrem Sehnen nach einem anderen Leben. Hätte sie nur Augen und ein Herz gehabt für den Mann an ihrer Seite – sie könnte die zufriedenste Frau in ganz Straßburg sein.

Ihr Vater hakte sich bei Johanna unter und begann leise das alte Straßburger Weihnachtslied *Es kommt ein Schiff, geladen …* zu singen. Dann unterbrach er sich.

«Meinst du, Christoph geht es gut, dort, wo er jetzt ist?», fragte er.

«Das glaube ich ganz sicher. – Vater?»

«Ja?»

«Mach dir nicht so viele Sorgen um uns. Es wird alles gut werden.»

«Ach, meine Kleine.» Er wirkte gerührt. Dann räusperte er sich. «Hast du auch das Hoftor gut verschlossen?»

«Ja, Vater. Ganz bestimmt.»

Während Jakob das Tannengrün vom Schnee befreite und nach und nach fünf kräftige Zweige ausschnitt, hatte er im Ohr, was sein Großvater ihm einst voller Begeisterung geschildert hatte. Von einem wunderbaren Weihnachtsbrauch hatte er ihm nämlich berichtet. So habe die Freiburger Bruderschaft der Bäckerknechte vor uralten Zeiten jedes Jahr einen Wintermaien aus grünen Buchszweigen aufgestellt. Aber keinen gewöhnlichen, nein! Er hing nicht vom Deckenbalken ihrer Gesellenstube, sondern stand aufrecht in einem Eimer. Das Schönste aber: Er wurde mit allerlei Schmuckbändern und Flittergold behängt, mit Früchten, Lebkuchen und anderem Naschwerk. So stand er zwei Wochen in der Stube, zur Freude aller, bis er am Dreikönigstag vom Altgesellen geschüttelt wurde und die Armen der Stadt die zu Boden gefallenen Köstlichkeiten auflesen durften. Leider aber sei dieser schöne Brauch längst in Vergessenheit geraten.

Als Jakob jetzt die Zweige in den löchrigen Ledereimer steckte und neben das Hoftor an die Mauer stellte, hatte er ein solches Bäumchen klar vor Augen. Nun galt es nur noch, mit seinem ganzen Gepäck unbemerkt über die Mauer zu kommen. Während er noch überlegte, streifte seine Schulter die Tür – und wie von Wunderhand geöffnet sprang sie auf.

Jakob war verwirrt. Hatte Johanna vergessen, sie zuzusperren?

Kein Ave-Maria später betrat er erneut die Küche der Gutlins, mit seinen Schätzen unter dem Arm. Wie wohlig warm es hier war! Dazu roch es herrlich nach frischgekochter Hühnerbrühe, die es wohl nach dem Gottesdienst geben würde. Für diesmal wagte er allerdings nicht einmal, den Topfdeckel anzuheben.

Heute erst recht war er darauf bedacht, nichts schmutzig oder nass zu machen. So zog er sich an der Schwelle nicht nur den Umhang, sondern auch die Schuhe aus und tappte auf seinen mehrfach geflickten Wollsocken ins Haus. In der Stube entzündete er zuerst einmal die Tranlampe, denn für das, was er vorhatte, brauchte es ausreichend Licht. Als Nächstes schnitt er die hässlichen kahlen Obstzweige vom Balken, fachte damit das Feuer im Ofen an, sodass die Wärme bis in die Stube überschlug, und breitete die Gebäckkringel und Walnüsse auf dem Stubentisch aus.

Zufrieden betrachtete er seinen Einkauf. Das, was er erstanden hatte, war weitaus mehr, als er den Kindern weggegessen hatte, und das war gut so. Dann machte er sich an die Arbeit. Den Eimer mit den Zweigen, die so, wie er sie angeordnet hatte, tatsächlich an ein richtiges Bäumchen erinnerten, stellte er zwischen seine Gaben mitten auf den Tisch.

Um das Backwerk aufzuhängen, brauchte es Zwirn, den jeder Schneider in seiner Werkstatt hatte. Auf dem Schneidetisch fand er, was er suchte – und noch viel mehr! Da gab es in einem Körbchen allerlei Schnüre und Papierstreifen zum Maßnehmen, dazu schmale Stofffetzen in allen Farben. Seine Finger glitten über die Stoffe. Manche waren aus Samt und Seide, manche aus grobem Wollgewebe. Er wählte Streifen in blauen und roten Farben aus, die sich auf dem Bäumchen besonders schön machen würden. Doch zunächst wollte er die Nüsse und Kringel anbringen, das war das Wichtigste.

Nur wenig später war der Wintermaien rundum behängt. Seine Hände erwiesen sich als äußerst geschickt, als er anschließend die Stofffetzen an den Zweigspitzen zu Schleifchen und kleinen Rosen band. Damit hätte er zufrieden sein können. Sein Werk sah wirklich hübsch aus, festlich und fröhlich zugleich. Johanna würde Augen machen!

Indessen ging sein Blick immer wieder zu den Papierstreifen. Drei Scheren lagen bei den Werkzeugen, alle mit blitzenden, sauberen Klingen. Die kleinste war sicherlich die Papierschere. Er dachte daran, wie er in Freiburg für die Jüngsten seiner Schar oftmals Figuren auf Steine oder in den Sand geritzt hatte und sie währenddessen raten mussten, was es werden sollte. Dabei hatte er entdeckt, dass er recht gut zeichnen konnte.

Einen Moment lang zauderte er noch, dann ließ er sich auf das Sitzkissen des Meisters nieder, nahm Schere und Papierband in die Hand und begann zu schneiden. Er staunte selbst, wie leicht es ihm fiel. Nach und nach verwandelte sich das Band in eine Girlande aus Pferdchen und Schäfchen, aus Monden und Sternen, Engeln und Trompeten.

Er musste hierüber vollkommen die Zeit vergessen haben, denn nachdem er die Girlande behutsam von oben nach unten um das Tannengrün gewunden hatte, hörte er zu seinem Schreck Stimmen an der Haustür. Und gleich darauf das kratzende Geräusch eines Schlüssels, der sich im Schloss drehte.

Stehen geblieben!» Johanna hielt die beiden Kleinen am Kragen fest. «Ihr klopft euch erst die Schuhe ab. Hab schließlich vorhin erst geputzt.»

«Jetzt freu ich mich auf eine heiße Suppe», hörte sie hinter sich den Vater sagen. Dann stieß sie die Tür auf – und glaubte zu träumen.

Mitten auf dem Stubentisch, im Schein der Tranlampe, stand etwas so unbeschreiblich Schönes, wie sie es nie zuvor gesehen hatte. Ein Wintermaien aus Tannengrün, aufs Zauberhafteste verziert mit bunten Bändern und Schleifen, behängt mit Zuckerzeug und Walnüssen. Und rundum wand sich eine Girlande aus Papier, in die die zierlichsten Figuren geschnitten waren.

«Was um Himmels willen ist …» Ihrer Mutter verschlug es tatsächlich die Sprache.

Sie und der Vater blieben auf der Türschwelle stehen, während Jeckli und Gysel sich dem Kunstwerk langsam und mit weit aufgerissenen Augen näherten.

«Ein Wunderbaum!», sagte Gysel ehrfurchtsvoll und ließ ihre

Finger über eins der Papierpferdchen gleiten. «Hat den der liebe Gott gemacht?»

Währenddessen hatte sich ihr kleiner Bruder einen Zuckerkringel geschnappt.

«Hände weg!» Johanna nahm ihm die Leckerei fort. «Ihr fasst nichts an, sag ich euch!»

Ihre Stimme zitterte. Nein, nicht der liebe Gott hatte diesen Wunderbaum geschaffen. Ein Einziger nur kam in Frage – jemand, der sein Unrecht mit dieser Gabe wiedergutmachen wollte. Zugleich wurde ihr klar, dass Jakob erneut in ihr Haus eingedrungen war. Wie närrisch musste ein Mensch sein, um so etwas zu tun?

Entgeistert wandte sie sich um und starrte ihren Vater an. Der schloss wortlos die Tür hinter sich ab, schlüpfte aus Schuhen und Mantel und umrundete das bäumchenartige Wunderwerk mit vorgebeugtem Oberkörper und zusammengekniffenen Augen.

«Nun sag schon was, Gervasius», stieß die Mutter hervor.

«Mein – mein kostbares Maßband», stammelte er schließlich. «Mindestens fünf Ellen davon zerschnitten.»

«Vater!» Johanna legte ihm die Hand auf die Schulter. «Es ist wunderschön, siehst du das nicht?»

«Ja, das seh ich. Aber kann mir einer erklären, wie das Ding in unsere Stube kommt?»

Er bemerkte den in Unordnung geratenen Schneidetisch seiner Werkstattecke. Dort lagen Schere und Stoffbänder, als hätte sie jemand dort eben erst hingeworfen.

«Kann mir das einer erklären?», wiederholte er.

Im nächsten Augenblick ließ das Knarren der Holzstiege sie alle zusammenzucken. Ihre Mutter stieß einen Schrei aus.

«Allmächtiger!»

Vor aller Augen kam Jakob die Treppe herunter, mit geröteten Wangen, die Hände vor Aufregung ineinandergekrampft. Johanna sah sein frisch zerschrammtes Kinn. Ganz offensichtlich war er hier in Straßburg sogleich in irgendwelche Raufhändel geraten.

«Ich wollt niemanden erschrecken … Wollte längst fort sein …» Er brach ab und sah hilflos von einem zum anderen.

Während mindestens ein Vaterunser lang Stillschweigen herrschte, wurde es Johanna abwechselnd heiß und kalt. Jetzt hatte sich Jakob endgültig die Schlinge um den Hals gelegt!

«Bist du so was wie ein Engel?» Gysel näherte sich ihm vorsichtig und legte den Kopf schief. Johanna fiel ein, dass ihre Schwester Jakob zum ersten Mal zu Gesicht bekam.

Da fand auch die Mutter die Sprache wieder. «Ein Teufelsbub ist das!» Ihre Stimme wurde schrill. «Bind ihm die Hände und hol die Scharwache, Gervasius. So tu doch endlich was! Der Kerl gehört vor Gericht.»

Jakob schüttelte den Kopf.

«Ich lauf nicht weg, Meisterin, keine Sorge. – Es ist eh alles zu spät …», fügte er müde hinzu. Sein Blick traf sich mit dem ihres Vaters, und Johanna stellte mit Erstaunen fest, dass sich ein flüchtiges Lächeln auf dessen Gesicht zeigte.

«Jetzt erkenn ich dich. Du bist der Junge vom Hafen, Meerkatz genannt. Der mich aus den Fängen dieses Gauners befreit hat.»

«Du kennst Jakob?», fragten sie und ihre Mutter fast gleichzeitig.

«Jakob? Warum Jakob?» Ihr Vater sah nun nicht weniger verwirrt aus als die Mutter. Prompt fing die an zu zetern.

«Dieser Kerl da ist unser Einbrecher. Den Lambrecht leider Gottes hat entwischen lassen. Und jetzt sag bloß nicht, dass du mit dem Galgenvogel bekannt bist.»

«Bekannt ist zu viel gesagt.»

Er zog einen Hocker vom Stubentisch heran und setzte sich. Dann berichtete er in wenigen Worten, was er vor dem Kaufhaus unten am Hafen erlebt hatte.

«Der Junge hat für sein beherztes Eingreifen sogar Prügel bezogen», schloss er mit bedeutsamem Blick in Richtung seiner Frau. «Ein so schlechter Kerl kann er also nicht sein.»

«Nein, nein, nein, ich fasse es nicht!» Madlena Gutlinin schnappte nach Luft. «Ein kaltblütiger Verbrecher ist das, nichts andres. Und so einen willst du laufen lassen?»

«Das habe ich nicht gesagt.»

«Bitte, Vater!» Johanna ergriff seine Hände. «Liefer ihn nicht dem Gericht aus. Für diesmal wollte er doch alles wiedergutmachen. Und schau nur, wie sehr sich die Kleinen gefreut haben. Ist das nicht die schönste Weihnachtsüberraschung, die sie jemals erlebt haben?»

Gysel hatte plötzlich Tränen in den Augen. «Wenn der Jakob in den Turm muss, nimmt er dann den Wunderbaum wieder mit?» Sie begann zu weinen.

«Nein, meine Kleine.» Der Schneidermeister zog sie in die

Arme. «Wir legen noch die Äpfel darunter, und morgen, zum Weihnachtsfest, dürft ihr euch von den Naschereien jeder etwas nehmen. Aber bis dahin rührt keiner was an, versprochen?»

«Versprochen.» Gysel nickte ernsthaft. Und als der Vater mit strengem Blick Jeckli ansah, nickte auch der.

Johanna entging nicht, wie Jakobs Augen vor Freude aufblitzten. «Und was geschieht nun mit ihm?», fragte sie leise.

«Wir werden sehen. Ich denke, wir beide sollten uns einmal ernsthaft unterhalten, nicht wahr, Jakob? Und dazu würde ich euch anderen bitten, in die Küche zu gehen. Ich frage mich sowieso, warum keiner das Abendessen richtet. Ich habe nämlich großen Hunger.»

«Heißt das, du willst mich, als dein Weib, nicht dabeihaben, wenn du mit ihm sprichst?», fauchte ihre Mutter aufgebracht.

«Das heißt es», entgegnete er ungewohnt hart. «Ich möchte von Mann zu Mann mit ihm reden.»

«Ganz, wie du willst. Ich habe ohnehin starke Kopfschmerzen. Das alles hält ja schon ein gesunder Mensch nicht aus.»

Grob schob sie den Jungen, der noch immer am Treppenabsatz stand, zur Seite und polterte die Stiege hinauf.

«Vater?»

«Was ist noch, Johanna?»

«Sei nicht so hart mit ihm. Er hatte wirklich nichts gestohlen gestern, er hatte nur Hunger. Und an deinen Sachen war er auch nur, um uns diese schöne Überraschung zu bereiten. – Und sieh nur, sogar das ganze Weihnachtsgebäck hat er ersetzt, doppelt und dreifach.»

«Lass uns jetzt allein.»

Gehorsam schob Johanna ihre Geschwister in Richtung Küche, nicht ohne Jakob einen letzten Blick zuzuwerfen. Er wirkte alles andere als ängstlich, ja fast sogar frohgemut.

In der Küche legte sie Feuerholz nach, um die Suppe aufzuwärmen. Vielleicht würde Jakob ja mit einem blauen Auge davonkommen. Zumindest schien ihr Vater viel weniger wütend, als sie gefürchtet hatte.

Sie fischte das gekochte Huhn aus dem Topf und legte es auf ein Holzbrett. Nachdem die Mutter heute ein jämmerlich kleines Stück Leberwurst vom Markt mitgebracht hatte, hatte der Vater Johanna angewiesen, ihre fetteste Henne zu schlachten. Für die Suppe heute Abend waren allerdings nur Kopf, Gurgel und Innereien vorgesehen, das gute Fleisch war für das morgige Weihnachtsessen gedacht.

«Hol das Brot aus der Kammer», befahl sie Gysel, während sie mit unsicherer Hand das Huhn zerteilte. Sie war hin und her gerissen zwischen Bangigkeit und Glücksgefühl.

Statt sich in Bewegung zu setzen, fragte das Mädchen versonnen: «Hast du schon mal so was Schönes gesehen?»

«Nein», erwiderte Johanna wahrheitsgemäß und spürte, wie sie sich darauf freute, den Wintermaien in Ruhe und ganz genau zu betrachten. Doch viel wichtiger war jetzt, dass der Vater Jakob tatsächlich gehen ließ. Ob er sich wohl von ihr verabschieden würde?

Ihre kleine Schwester stand noch immer vor dem Türchen zur Vorratskammer. «Der Jakob ist nett.»

«Jetzt geh endlich das Brot holen.»

Hastig zerkleinerte sie die Innereien, warf sie in den Topf zurück und legte das Fleisch für den morgigen Tag in Essig ein. Dann schlich sie zur Küchentür und lauschte, doch aus der Stube war nichts als unverständliches Stimmengemurmel zu vernehmen.

Sie riss sich zusammen. Schließlich predigte sie ihren Geschwistern immer, dass nur Hexen und kleine dumme Kinder an Türen lauschten. Allerdings machte sie jede Wette, dass ihre Mutter oben an der Stiege stand und ebenfalls die Ohren spitzte.

Wenig später war die Suppe fertig und stand dampfend zwischen den Essensnäpfen und Bechern auf dem Tisch. Ungeduldig schlug Jeckli mit dem Löffel auf die Tischplatte, während Gysel auf der Bank hin und her rutschte.

«Soll ich die Eltern rufen?», fragte sie.

«Nein, warte noch.»

Doch da schwang die Tür auch schon auf, und ihr Vater erschien im Türrahmen.

«Das riecht ja köstlich!»

Hinter seinen Schultern tauchte Jakobs schlaksige Gestalt auf. Er zwinkerte Johanna und den Kindern zu und grinste.

Gervasius Gutlin zog einen weiteren Becher und Napf vom Küchenbord. «Wir haben einen Essensgast. Los, Jakob, setz dich zu den Kleinen auf die Bank.»

Johanna glaubte, ihren Ohren nicht zu trauen.

Als kurz darauf ihre Mutter mit verdrießlicher Miene hinzukam, sprachen sie das Tischgebet. Johanna verteilte die Suppe in die Näpfe und hatte Mühe, nichts zu verschütten, so aufgeregt war sie.

«Nun denn ...», begann ihr Vater, nachdem er den ersten Hunger gestillt hatte. «Heute ist die Heilige Nacht, in der unser Heiland zur Welt kam. Da sollte ein jeder Christenmensch Güte walten lassen. Von daher habe ich Folgendes beschlossen: Jakob wird den Schaden, den er an meinen teuren Stoff- und Papierbändern – wenn auch in bester Absicht – angerichtet hat, wiedergutmachen. Noch weitaus schlimmer allerdings war der Schrecken, in den er uns gestern alle versetzt hat.»

Er machte eine vielsagende Pause, bevor er sich Jakob zuwandte.

«Deshalb wirst du mir bis zum Neujahrstag zur Hand gehen, damit der Hausmantel für den Ratsherrn Vogelsang rechtzeitig fertig wird. Geschickt genug scheinst du mir ja zu sein. Außerdem wirst du Johanna die schweren Arbeiten abnehmen, wie Holzmachen und Wasserschleppen. Du wirst bei uns wohnen und essen, schlafen kannst du unter der Stiege. Außer für den täglichen Gang zum Brunnen wirst du das Haus in dieser Zeit allerdings nicht verlassen, zu deinem eigenen Schutz und Vorteil. Danach bist du wieder ein freier Mensch.»

Während ihres Vaters Rede hatte Johanna den Jungen unablässig aus den Augenwinkeln beobachtet. Auf Jakobs Gesicht breitete sich mehr und mehr ein Ausdruck des Glücks aus, und sie spürte, wie eine Welle von Erleichterung sie durchströmte.

Ihre Mutter hingegen war fassungslos.

«Das alles kann nicht dein Ernst sein, Gervasius!»

«Doch, es ist mein Ernst. Und ich werde mir von keinem dreinreden lassen, auch nicht von dir. Möchtest du hierzu noch was sagen, Jakob?»

«Ich … ich danke Euch von Herzen, Meister Gutlin. Und ich werd Euer Vertrauen nicht enttäuschen.» Er zögerte. «Da ist noch etwas. Ihr solltet schnellstmöglich ein richtiges Schloss für die Hintertür kaufen. Ich könnte es Euch anbringen. Oder noch besser, Ihr nehmt mich mit zum Schlosser, und ich zeige Euch, welche Art Türschlösser sicher sind.»

Gutlin schien ein Lachen zu unterdrücken.

«So wollen wir es machen. Und nun lasst uns noch einen Schluck von dem Gewürztraminer nehmen, den ich heute vom Kaufhof mitgebracht habe.»

Er stand auf, holte ein verkorktes irdenes Krüglein aus der Speisekammer und schenkte jedem von ihnen ein.

«Trinken wir also auf eine gesegnete Weihnacht und auf gutes Gelingen unserer Arbeit.»

«Und auf Christoph.» Seine Frau schlug das Kreuzzeichen. «Der Herr sei seiner Seele gnädig.»

Er nickte und gab seiner Frau einen Kuss auf die Stirn.

«Und auf Christoph, unseren geliebten Sohn und euren Bruder.»

In den folgenden Tagen hatte sich Jakob oft gefragt, womit er diese glückliche Fügung verdient hatte. Plötzlich hatte er mitten im Winter ein warmes Heim, einen gefüllten Magen und eine Bettstatt für sich allein, in der er jede Nacht tief und traumlos schlief, ohne dass ihn krakeelende Mitgenossen störten. Dazu eine Aufgabe, die ihn ausfüllte und vergessen ließ, dass er eigentlich im Haus gefangen war.

Damit nämlich hatte er, der es gewohnt war, bei Wind und Wetter draußen durch die Gassen zu stromern, anfangs wider Erwarten schwer zu kämpfen gehabt. Nach und nach indessen legte sich seine innere Unruhe, und er genoss das Familienleben, vor allem aber Johannas Nähe. Er musste an sich halten, sie nicht ständig dümmlich anzugrinsen, denn ihre Gegenwart machte ihn befangen und glücklich zugleich.

Leider begegneten sie sich in aller Regel nur unter den Argusaugen der Gutlinin, die Jakob allzu deutlich spüren ließ, was sie davon hielt, einen Strolch wie ihn zu beherbergen. So hatte er nach der dritten oder vierten Nacht unter der Stiege beim Erwachen eine Entscheidung getroffen. Er war fest entschlossen, in Johanna so etwas wie eine Schwester zu sehen, was ihm zugegebenermaßen nicht immer leichtfiel, und der Meistersfrau mit ausgesuchter Höflichkeit und Hilfsbereitschaft zu begegnen. Dazu setzte er selbstredend alles daran, dass Meister Gutlin mit ihm zufrieden war.

Am Ende trugen seine Mühen Früchte. Rechtzeitig zum Neujahrstag, an dem sie alle von Glockengeläut und Peitschenknallen geweckt worden waren, hatten sie den grünsamtenen, mit Goldborten umsäumten Hausmantel für den Ratsherrn fertig bekommen, und Jakob empfand großen Stolz, dass er daran mitgewirkt hatte. Hatte er anfangs nur als Handlanger gedient, der Nadeln und Garne zurechtlegte und die Stoffe und Borten plättete, durfte er, nachdem er eine Nähprobe abgegeben hatte, sogar an den Innenseiten des Mantels die Säume vernähen. Doch nicht nur das – er hatte es tatsächlich geschafft, das Herz der Meistersfrau so zu erweichen, dass sie ihm hin und wieder eine Andeutung von Lächeln schenkte. Wohingegen Johanna ihm zunehmend mit Scheu begegnete.

Als er an diesem Neujahrsmorgen den Hof betrat, um eine Karre voll Holz zu hacken, überfiel ihn plötzlich ein unerklärliches Gefühl von Niedergeschlagenheit. Dabei müsste er sich doch glücklich schätzen! Mit dem heutigen Tag durfte er sich wieder einen freien Mann nennen, er würde sich in der Stadt ein Auskommen als Taglöhner suchen und dabei dem alten Passpartutt tunlichst aus dem Weg gehen. Von Gutlin wusste er, dass es nicht weit von hier ein Bruderhaus für Knechte gab, in dem ledige Taglöhner für die Nacht unterkommen konnten, und wenn ihm das Schicksal wohlwollte, würde er ab und an Johanna wiedersehen.

«Jakob?» In der Küchentür erschien ihre zierliche Gestalt. «Das Morgenessen ist fertig.»

Er ließ das Beil sinken. «Ich komme gleich.»

Sie schien ihm etwas sagen zu wollen, bewegte ihre fein geschwungenen Lippen, doch dann schüttelte sie unvermittelt den Kopf und verschwand wieder in der Küche.

«Johanna! So warte doch.»

Er verräumte das Beil im Schuppen und schob die Karre über den festgefrorenen Schnee bis zur Hintertür. Der blaue Himmel, der sich über die Häuser spannte, versprach einen klaren, sonnigen Wintertag.

Mit der Schulter schob er die Tür auf und wollte die ersten Scheite ins Haus tragen, als Johanna sie ihm aus der Hand nahm und neben den Herd legte.

«Ich helfe dir. Dann geht's schneller», murmelte sie.

Für Jakobs Begriffe hatten sie das Holz allerdings viel zu schnell im Haus. Denn jedes Mal, wenn Jakob ihr die Scheite übergab, hatten sich ihre Hände kurz berührt. Und einmal hatten sich ihre Blicke getroffen, waren ihre Gesichter ganz nah beieinander gewesen. Ihre schönen, tiefgrünen Augen hatten traurig ausgesehen.

«Hunger!», begann in diesem Moment Jeckli zu zetern, der ungeduldig auf der Küchenbank hin und her wackelte. Gysel gab ihm einen Stoß ihn die Seite, dann starrte sie Jakob mit ihren großen Kinderaugen an.

«Mutter hat gesagt, dass du heute weggehst.»

«Ja, das stimmt.»

«Ich will aber nicht, dass du gehst.»

Jakob schluckte. Das Kind war ihm in der kurzen Zeit ans Herz gewachsen. Während der Arbeit hatte es sich oft zu den Männern gesetzt, und Jakob hatte ihm endlos Geschichten erzählen müssen. Und wenn er hin und wieder seine Arbeit unterbrochen hatte, war Gysel auf seinem Rücken durch die Stube geritten.

«Vielleicht darf ich dich sonntags ja mal besuchen kommen.»

«Wer will hier wen besuchen?»

Der Schneidermeister war eingetreten, mit gutgelaunter Miene, gefolgt von seiner Frau.

«Der Jakob mich.» Gysel klatschte in die Hände.

Gutlin nickte. «Jetzt lasst uns essen, wir sind spät dran. Ratsherr Vogelsang wird bald hier sein. – Jakob, du sprichst das Morgengebet.»

Das war das erste Mal, dass Jakob zum Tischgebet aufgefordert wurde.

«*Alles Gute kommt von dir, o Herr*», begann er verhalten, um dann mit fester Stimme fortzufahren: «*Segne diese Speisen. Wir wollen sie in Dankbarkeit genießen. Amen.*»

«Amen.»

Das letzte Mal hatte er mit seinem Großvater Gebete gesprochen, und er spürte zu seiner Beschämung, dass ihm die Augen feucht geworden waren.

Schweigend löffelten sie ihren Hirsebrei, bis Gutlin den Napf von sich schob.

«Lieber Jakob, ich will dich hiermit vor meiner Familie ausdrücklich für deine ungewöhnliche Fingerfertigkeit loben. Ich hab mich nicht getäuscht in dir. Mit deiner Hilfe haben wir den Auftrag fertig bekommen. Ich denke, Ratsherr Vogelsang wird zufrieden sein. Hiermit bist du also, wie versprochen, wieder ein freier Mann und kannst gehen, wohin du möchtest.»

Jakob nickte beklommen. In ihm mochte keine Freude aufkommen. Er sah zu Johanna, die ihm gegenübersaß. Sie schlug die Augen nieder.

«Da gäbe es allerdings noch eine andere Möglichkeit», fuhr der Schneidermeister fort.

Gespannt sah Jakob auf.

«Ich könnte dich als meinen Lehrknecht aufnehmen. Mit der Zunft habe ich bereits gesprochen.»

Jakob war sprachlos. Dann stotterte er: «Aber … aber ich kann Euch kein Lehrgeld bezahlen.»

«Das weiß ich doch.» Gutlin lächelte. «Dafür habe ich in der kurzen Zeit bemerkt, dass du das Zeug für einen wahrhaft guten

Schneider hast. Du bist nicht nur geschickt, sondern hast auch einen Blick für Maße und Formen. Und das macht das fehlende Lehrgeld mehr als wett. Nur wäre da noch eine Sache, die dem im Wege stehen könnte.»

Jakob hielt den Atem an.

«Du musst ehelicher Geburt sein, sonst kann ich dich laut Satzung unserer Zunft nicht aufnehmen.»

«Das bin ich, Meister Gutlin, das bin ich», stieß er hastig hervor. «Der Freiburger Münsterpfarrer kann das bezeugen.»

«Und wer sind deine Eltern? Du hast nie von ihnen gesprochen.»

«Sie heißen Georg Hauner», es fiel Jakob noch immer schwer, den Namen seines Vaters auszusprechen, «und Elsbeth Weigel. Ehelich getraut vor dem Herrn.»

Der Schneidermeister lächelte. «Das ist gut. Nach allem, was ich von dir erfahren habe, war ich mir da nicht so sicher. Die Zunft wird also über den Freiburger Pfarrer deinen Geburtsbrief einholen. Damit hast du dann auch ordentliche Papiere. – Willst du denn überhaupt?»

«Ja!» Er hatte seine Antwort beinahe herausgeschrien.

«Aber den Namen Meerkatz will ich nie wieder hören.» Gutlin zwinkerte ihm zu. «Nicht hier im Haus und nicht außer Haus.»

Jakob schüttelte heftig den Kopf.

«Nein, den brauch ich jetzt nicht mehr», erwiderte er leise. Er konnte es noch immer nicht fassen.

Dann sah er von einem zum andern. Sein Blick blieb an der

Meistersfrau hängen. Sie war die Einzige, die nicht strahlte vor Freude.

«Wollt Ihr denn auch, dass ich bleibe?»

Die Gutlinin zuckte die Schultern. «Es ist nun mal so, dass der Hausvater in diesen Dingen zu entscheiden hat. Und einen Lehrbuben brauchen wir ohnehin. Da es dank dir ganz augenscheinlich aufwärtsgeht mit der Schneiderei, will ich dem nicht im Wege stehen. Nur eines rate ich dir, Jakob Hauner: Lass die Finger von meiner Johanna. Sonst wird's dir übel ergehen.»

«Mutter!» Johanna wurde über und über rot.

Jakob wollte schon etwas erwidern, als es laut gegen die Haustür klopfte.

Meister Gutlin erhob sich. «Das wird Vogelsang sein. Komm, Jakob.»

«Will auch mit.» Gysel kletterte von der Bank und folgte ihrem Vater. «Du hast versprochen, dass wir heut den Wunderbaum leer essen dürfen.»

«Das hast du wohl nicht vergessen, was? Na, dann kommt nur alle mit in die Stube.»

Der Wintermaien glänzte noch immer in frischem Grün. Johanna hatte nämlich gleich zu Heilig Abend den Einfall gehabt, den alten löchrigen Eimer in ein wasserdichtes Gefäß zu stellen und nassen Sand hineinzufüllen, damit die Zweige nicht vertrockneten. Zwar hatte sich die Anzahl der Zuckerkringel und Nüsse inzwischen erheblich vermindert, doch schön war das Bäumchen allemal noch, und nach wie vor blieben alle, selbst die Gutlinin, bewundernd davor stehen, wenn sie die Stube betraten.

«Einen wunderschönen guten Morgen allerseits», ließ sich eine dröhnende Stimme vernehmen. Der Ratsherr, ein breitschultriger Mann in pelzbesetzter Schaube, klopfte sich die Stiefel ab und trat ein. «Die besten Wünsche zum neuen Jahr vorweg. Auf dass Gesundheit und Frohsinn stets zu Gast in Eurem Hause sind.»

«Das wünschen wir Euch auch, Ratsherr Vogelsang», erwiderte Madlena Gutlinin mit ausgesuchter Höflichkeit und beeilte sich, ihm die Schaube abzunehmen.

«Das ist für die Kinder.» Der Ratsherr überreichte ihr ein mit Tannenreisig geschmücktes kleines Päckchen. «Habt Ihr meinen Mantel fertig?»

Der Meister hatte das gute Stück bereits von der Stange gezogen. «Hier ist er, Ratsherr. Ich hoffe, wir haben zu Eurer Zufriedenheit gearbeitet.»

Er drehte und wendete den Hausmantel vor des Ratsherrn Augen.

«Sehr schön, sehr schön.» Vogelsang betastete die Säume und Nähte und nickte zufrieden. «Akkurat gearbeitet, ganz, wie ich es von Euch erwartet habe.»

Gutlin deutete eine Verbeugung an. «Danke, Ratsherr.»

«Übrigens habe ich gehört», fuhr der Ratsherr fort, «dass in der Spießgasse ein Haus angeboten wird, gleich neben dem Apotheker. Zwar nicht allzu groß, dafür solide aus Stein gebaut und mit abgetrennter Werkstatt. Und einigermaßen wohlfeil. Wenn Ihr wollt, könnte ich mich für Euch verwenden.»

Wieder beugte Gutlin das Haupt. «Da wär ich Euch sehr verbunden.»

«Das ist doch selbstverständlich. Schließlich schätze ich Eure Arbeit hoch, und hier bei Euch», er ließ seinen Blick schweifen, «ist es doch wirklich recht eng.»

Dann stutzte er.

«Was ist denn das?» Seine Augen waren auf den Wintermaien gerichtet.

«Das ist unser Weihnachtsmaien», erklärte Gutlin voller Stolz. «Mein neuer Lehrknecht hier, Jakob Hauner, hat ihn verziert.»

Vogelsang trat zu Johanna und den Kindern, die bereits erwartungsfroh vor dem Bäumchen standen, und betrachtete mit vorgebeugtem Oberkörper jede Einzelheit.

«Wun-der-baum!», rief Jeckli, der ein neues Wort gelernt hatte, ein ums andere Mal. «Wun-der-baum!»

Dabei strahlte er über sein ganzes pausbäckiges Gesicht. Vogelsang strich ihm übers Haar.

«Da habt ihr Kinder wahrhaftig etwas ganz Besonderes in der Stube. Da legen wir doch gleich mein kleines Neujahrsgeschenk für euch dazu.» Er winkte Jakob heran. «Sag, mein Junge, wo hast du die hübsche Papiergirlande her?»

«Die hab ich selbst ausgeschnitten, Ratsherr.» Nach kurzem Zögern stellte er sich hinter Johanna. «So schwierig war das gar nicht.»

«Bezaubernd, wirklich ganz bezaubernd.»

Jakob spürte, wie Johanna seine Hand nahm und sie kurz drückte, bevor sie ihn wieder losließ. Er hätte bersten können vor Glück.

Vogelsang drehte sich zu Gutlin um. «Wisst Ihr was, Meister?

Das werde ich der Kaufmannsgilde für nächstes Weihnachten vorschlagen. Genau so etwas könnten wir in unsere Trinkstube stellen und für die Kinder kleine Geschenke darunterlegen. Euren Jakob müsstet Ihr mir dann allerdings zum Schmücken ausleihen. Und für unser Münster wäre das auch eine feine Sache», der Ratsherr geriet sichtlich ins Schwärmen, «aber dazu sollte man einen richtigen Baum schlagen lassen, hoch und mit kräftigen Zweigen! Und die könnte man noch mit Flittergold und Silberfäden behängen.»

Er blickte begeistert in die Runde, zu der sich inzwischen auch die Gutlinin gesellt hatte. Ihr ewig mürrischer Gesichtsausdruck war mit einem Mal verschwunden.

«Nun, was haltet Ihr davon?»

«Ein wunderbarer Gedanke», bestätigte Gutlin.

«Und auf die Zweige», Johanna trat zu ihren Eltern und fasste sie bei den Händen, «könnte man Kerzen stecken, wenn die nicht so unsinnig teuer wären – was meint ihr, wie herrlich der Baum dann strahlen würde.»

Alle lachten sie über diesen schönen, wenn auch reichlich verrückten Einfall. Alle, bis auf Jakob und Johanna.

Ihre Blicke begegneten sich, und Jakob wusste: Eines Tages würde es einen solchen Lichterbaum geben. Mit seinem festlichen Schmuck und Kerzenschein würde er mitten im kalten Winter Freude und Wärme in alle Häuser bringen.

Und als er jetzt für einen Moment die Augen schloss, sah er Johanna vor sich, ein paar Jahre älter als heute, wie sie die Kerzen aufsteckte.

Sich selbst sah er an ihrer Seite, und beide waren sie umringt von einer erwartungsfrohen Kinderschar.

Vielleicht war er ein Narr – aber ein wenig träumen sollte man an einem solchen Tag schon dürfen.

NACHWORT DER AUTORIN

Der Weihnachtsbaum, wie wir ihn heute kennen – mit seinem festlichen Schmuck und seinen strahlenden Lichtern –, ist in der Geschichte des Christentums eine recht moderne Erscheinung. In alten Kirchengesängen und Gebeten kommt er nirgendwo vor, und doch ist er plötzlich in der Frühen Neuzeit da, scheinbar aus dem Nichts aufgetaucht. In alten Quellen wird er erst sporadisch, bald immer häufiger erwähnt, erst ohne, später mit Kerzenlicht.

Hat dieses urdeutsche Symbol weihnachtlicher Festlichkeit (übrigens im 19. Jahrhundert mit großem Erfolg in die ganze Welt exportiert) womöglich «heidnische» Ursprünge? Schon bei den Römern feierte man den Jahreswechsel mit grünen Zweigen, zumeist Lorbeer, und die Völker des Nordens hängten sich im Winter Tannenreiser und andere immergrüne Zweige über die Haustür oder in die Stube, gegen böse Geister, Tod und Teufel. Gleichzeitig gab das Grün in der dunklen Jahreszeit Hoffnung auf die Wiederkehr des Frühlings, verhieß Gesundheit, Lebenskraft und Fruchtbarkeit. Dieser uralte Brauch des sogenannten Wintermaiens hat sich mit den Barbarazweigen bis heute erhalten: Obstbaumzweige, die am Barbaratag, dem 4. Dezember, geschnitten und ins Warme gestellt werden, beginnen um Weihnachten zu blühen.

Der Straßburger Stadtschreiber und Autor des berühmten «Narrenschiffs», Sebastian Brant, mokierte sich 1494 darüber, dass alle Welt zu Neujahr Tannenzweige abschneide und sich in die Stube hole, und 1521 wird dieser Brauch im oberelsässischen Schlettstadt bereits als «Weihnachtsmaien» bezeichnet. Wie aber erfolgte der Schritt vom Weihnachtsmaien zum Baum? Ist schon von Christbäumen die Rede, wenn es in einer Freiburger Stadtverordnung von 1554 heißt, es sei verboten, in den Wäldern den «Weynachtsmayen» zu hauen?

Schon immer und in allen Völkern wurden Bäume, vor allem die immergrünen, kultisch verehrt und zu bestimmten Festen aufgestellt – man denke nur an den Maibaum, den Richtbaum oder die Palme als Baum Arabiens und des Heiligen Landes. Und so wird irgendwann und irgendwo der Brauch des Wintermaiens mit der Verehrung des Baumes verschmolzen sein.

Was sagen uns die alten Chroniken hierzu? Eine Quelle von 1599 berichtet tatsächlich von einem Brauch im alten Freiburg: Demnach soll im Jahre 1419 die dortige Bruderschaft der Bäckerknechte dem Heilig-Geist-Spital einen geschmückten und mit Naschwerk, Früchten und Nüssen behängten Baum gestiftet haben, der bis Neujahr in der dortigen Herrenstube stand. Nach einem feierlichen Umzug wurde der Baum geschüttelt, und die Armen und Kinder durften die heruntergefallenen Leckereien auflesen. Möglicherweise eine alte Tradition, doch da die Originalquellen fehlen, lässt sich dieser angeblich erste Christbaum nicht eindeutig belegen. Vom lettischen Riga wird 1510 über einen mit Wollfäden, Stroh und Äpfel geschmückten Baum berichtet, den eine fremde Kaufmannsgilde zur Wintersonnwende vor dem Rathaus aufgestellt habe. Um an den Oberrhein zurückzukehren: Die «Weihnachtsmaien» in den Bürgerstuben von Schlettstadt, über die jene Quelle von 1521 vage berichtet, könnten bereits Bäumchen sein, zumindest hing das Grün nicht mehr von der Decke, sondern wurde «aufgestellt». Dann der erste handfeste Beleg: Zu Weihnachten anno 1539 stellten Zünfte im Straßburger Münster einen großen «Tannenbaum» auf, worunter man damals auch Fichte oder Kiefer verstand.

Seit dem 16. Jahrhundert finden sich in den Chroniken, vor allem im Elsass und am Oberrhein, häufiger die Einträge, dass es verboten sei, zu Weihnachten *Bäume* zu schlagen, denn bald schon schien es in den Zünften, Gilden und Bruderschaften Usus zu sein, zur gemeinschaftlichen Weihnachtsfeier geschmückte Tannenbäume in den Trinkstuben aufzustellen. Wie man sich den Christbaumschmuck 1605 vorzustellen hat, ist von einem unbekannten elsässischen Chronisten überliefert: «Auff Weihnachten richtet man Dannenbäume zu Straßburg in den Stuben auf. Daran henket man Roßen auß vielfarbigem Papier geschnitten, Aepfel, Oblaten, Zischgold und Zucker.»

War hier mit dem Begriff «Stube» vielleicht schon die (vornehme) Bürgerwohnung gemeint? Jedenfalls gibt es einen Beleg aus dem Oberelsass, wonach 1561 jeder Bürger nur eine höchstens acht Schuh lange Tanne aus dem Wald holen durfte. Wenig später, 1570, ist übrigens auch im Norden von einem Weihnachtsbaum die Rede: In einem Bremer Zunfthaus wurde er gesehen, mit Äpfeln, Nüssen, Brezeln und Papierblumen behängt, und die Kinder durften ihn zum Fest «abschütteln».

1611 schließlich werden erstmals Baumkerzen erwähnt: Herzogin Dorothea Sybille von Schlesien kam auf den Gedanken, ihren Weihnachtsbaum mit sündhaft teuren Wachskerzen zu bestücken, die der gemeine Mann nur aus den Gotteshäusern kannte.

Die Kirche übrigens geißelte den Brauch mit dem Baum zu dieser Zeit noch als heidnisch, was nicht zuletzt auch daran lag, dass ihr große Waldgebiete gehörten. So wetterte der evangelische Prediger am Straßburger Münster, Johann Conrad Dannhauer (auf hochdeutsch: Tannenhauer!), im Jahr 1647 gegen den Brauch, in den Häusern Weihnachtsbäume aufzustellen: «Unter anderen Lappalien, damit man die alte Weihnachtszeit oft mehr als mit Gottes Wort begehet, ist auch der Weihnachts- oder Tannenbaum, den man zu Hause aufrichtet, denselben mit Puppen und Zucker behängt, und ihn hernach abschüttelt und abblühen (abräumen) lässt. Wo die Gewohnheit herkommt, weiß ich nicht; ist ein Kinderspiel».

Interessanterweise hatte sich der Tannenbaum zuerst bei den Protestanten durchgesetzt. Luther und seine Anhänger verlagerten die Weihnachtsfeier aus der Kirche in die heimische Stube, wo das Evangelium vorgelesen und gesungen wurde. Mit dem festlich geschmückten Weihnachtsbaum schuf man eine Alternative zu den kirchlichen Paradiesspielen um Adam und Eva und den ausgedehnten Krippen- und Hirtenspielen der Katholischen.

Ob nun katholisch oder evangelisch: Der Siegeszug des Christbaums in den Bürgerhäusern, als Mittelpunkt der familiären Weihnachtsfeier, war nicht aufzuhalten – zunächst in den Sälen von Adel und gehobenem Bürgertum, im ausgehenden 18. Jahrhundert dann auch in der kleinbürgerlichen «Guten Stube», wie es in Goethes «Werther» von 1774 nachzulesen ist: «Er redete von dem Vergnügen, das die Kleinen haben würden, und von den Zeiten, da einen die unerwartete Öffnung der Tür und die Erscheinung eines aufgeputzten Baumes mit Wachslichtern, Zuckerwerk und Äpfeln in paradiesische Entzückung setzte.»

Damit der teure Baum für jedermann erschwinglich wurde, legten die Städte keine hundert Jahre später sogar vermehrt Tannen- und Fichtenschonungen an. Im Gegenzug wurde er bei reichen Patriziern zum Prestigeobjekt, indem jeder sein eigenes Bäumchen erhielt und somit zu Weihnachten ein halber Wald aufgestellt wurde – ganz so, wie es Thomas Mann in seinen «Buddenbrooks» beschreibt.

Auch wenn alles darauf hindeutet, dass der Ursprung des Weihnachtsbaums im Oberrheingebiet liegt: Genaues weiß man eben nicht. Und gerade das Geheimnis um den Ursprung dieser Tradition hat meine Phantasie angeregt – zu jener Geschichte um den jungen Jakob, der ins protestantische Straßburg geflohen ist und dort, im Wunsch, etwas Schönes und Versöhnliches zu schaffen, den Weihnachtsbaum erfunden hat. Historisch gesehen hat sich das sicherlich niemals so ereignet, doch hätte es, mit einem kleinen Augenzwinkern, durchaus so sein können …

Quellen:

GOETHES WERKE, Band VI, S. 102. Hamburger Ausgabe. München, 1973
BRUNNER, BERND: Die Erfindung des Weihnachtsbaums. Berlin, 2011
OTTO, SIGRID: Oh, Tannenbaum. Zur Geschichte des Weihnachtsbaums. Berlin, 1992

Foto: © Jochen Quast

DIE AUTORIN

Astrid Fritz studierte Germanistik und Romanistik in München, Avignon und Freiburg. Als Fachredakteurin arbeitete sie anschließend in Darmstadt und Freiburg und verbrachte mit ihrer Familie drei Jahre in Santiago de Chile. Heute lebt Astrid Fritz in der Nähe von Stuttgart.

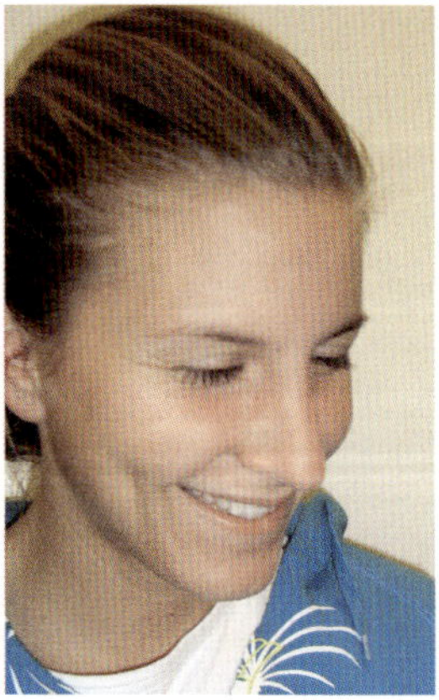

Foto: © privat

DIE ILLUSTRATORIN

Andrea Offermann wurde 1980 in Köln geboren. Sie studierte Illustration am Art Center College of Design in Los Angeles. Nach ihrem Abschluss 2005 kehrte sie nach Deutschland zurück und arbeitet seitdem im Kunst-, Comic- und Illustrationsbereich. Sie lebt mit ihrem Mann in Hamburg.